Luiza: "Uma jornada de amor e recomeços".

Wilson Oliveira

Luiza: "Uma jornada de amor e recomeços".

1ª Edição

2023

Dados Internacionais de Catalogação na Publicação (CIP)

Oliveira, Wilson.

O48   Luiza : uma jornada de amor e recomeços / Wilson Oliveira. –

Joinville: [s.n.], 2023.

138 p. ; 21 cm.

ISBN 978-65-266-0687-2

1.   Amor. 2. Resiliência. I. Título.

0823-25   CDD B869

Ficha catalográfica elaborada por
Débora Soares Vicente de Santana – Bibliotecária CRB-9/1914

Índice para catálogo sistemático:
1.   Literatura brasileira   B869

© 2023 Wilson Oliveira

Para permissões de reprodução ou outras solicitações, entre em contato com:

Wilson Oliveira

E-mail: wilson_oliver01@hotmail.com

Quer adquirir mais um exemplar? Acesse:
https://loja.uiclap.com/titulo/ua42827

Prefácio

Há histórias que vão além das páginas, ultrapassam o limite do papel e ecoam em nossos corações por muito tempo. "Luiza: Uma Jornada de Amor e Recomeços" é uma dessas narrativas cativantes, onde o amor e a coragem diante das adversidades são os alicerces de uma jornada inesquecível.

Nesta trama, os sentimentos ganham vida, e os personagens se tornam amigos íntimos. Conduzidos por Luiza, uma mulher nascida em um pequeno recanto do interior de Minas Gerais, somos levados a um mundo onde os laços familiares, mesmo diante das dificuldades financeiras, são capazes de gerar alegria e união.

Ao lado de Luiza, vamos experimentar o sabor do primeiro amor e conhecer Thiago, o homem que enche sua vida de amor e esperança. Juntos, eles enfrentam as reviravoltas que a vida lhes impõe, e a alegria de dar boas-vindas a Théo, um filho amado e especial.

Contudo, a vida é mestra em surpreender e desafiar, e a família de Luiza não está imune às revezes do destino. A Síndrome de Duchenne é um intruso indesejado, uma tempestade que chega sem aviso, trazendo angústia e separações. É nesse ponto que a verdadeira jornada de Luiza começa. Seus esforços para lidar com os tratamentos e a luta contra a doença são retratados com sensibilidade, revelando a força interior de uma mãe determinada a enfrentar qualquer obstáculo pela saúde e bem-estar de seu filho.

Neste romance emocionante, somos conduzidos a refletir sobre os desafios da vida, a importância da família e do amor verdadeiro, e a esperança que surge nos recomeços. Através da história de Luiza, somos inspirados a valorizar a resiliência humana e a crença de que é possível encontrar alegria e novas oportunidades mesmo diante das adversidades mais difíceis.

No caminho, há momentos de solidão e silêncio, quando o peso das responsabilidades e o medo do futuro se tornam quase insuportáveis. A pandemia que assola o mundo reflete o momento de incerteza em que todos se encontram, mas também é um cenário de oportunidades para o reencontro com alguém que fez parte do passado de Luiza.

Vicente, um homem que carrega as lembranças de uma infância compartilhada, chega como um raio de luz em meio às sombras que envolvem Luiza. Ele traz consigo o alento, a lembrança do que já foi e a esperança do que ainda poderá ser. E, ao lado de Leonardo, um menino de coração generoso e alma inocente, Luiza encontrará a força para seguir adiante.

Abra este livro com o coração aberto e permita que a jornada de Luiza inspire e emocione você. Boa leitura!

*

Dedicatória

Aos meus pais, Ismar Vaz e Edvirgens Chaves. Meus irmãos, Silvia, Silvio, Ana Paula e Liliane Cristina. Meus cunhados, Luciano Malta e Vanderlei Jr. Meus sobrinhos, Vinícius, Lucas, Bianca e Nathan. Minha amada família, vocês são a base sólida que me impulsiona a seguir em frente com coragem e determinação.

Agradeço a Deus Todo-Poderoso por guiar meus passos e por abençoar cada etapa deste caminho.

Meus companheiros fisioterapeutas, Marcelo Marotti, Milene Fanton, Aderbal Gurtler (in memoriam), Bruna Natália, Caio Zucher, Maria Aparecida, Robert Wagner, Aline Souza e Fernanda Nogueira, que tanto contribuíram para o meu crescimento pessoal e profissional.

Meus amigos da Educação, Vanuza Coutinho, Vivian Zanicheli, Prof. Fabiano Formaggio, Prof.ª Luciana Caracho, Prof.ª Nilda Lopes Antunes, Rosana Rodrigues, Gabriela Belistay, Raquel Marcolongo e Denise Pastrello, verdadeiros tesouros em minha trajetória, com quem compartilho risos, lágrimas e momentos inesquecíveis. Obrigado por serem minha fortaleza nos momentos de desafios e por tornarem a vida mais colorida com suas presenças.

E, especialmente, a minha filha Sophie Harumi, presente de Deus em minha vida. Você é minha luz, minha inspiração, meu maior motivo para sorrir e acreditar em um futuro cheio de possibilidades. Cada dia ao seu lado é uma bênção, e sou grato por cada instante compartilhado.

Que esta história, "Luiza: Uma Jornada de Amor e Recomeços", seja um lembrete do amor incondicional que nutro por todos vocês. Que possamos trilhar novos caminhos juntos, com o coração cheio de esperança e a certeza de que nossa união é a maior dádiva da vida.

Com todo o meu amor,

Wilson Oliveira

*

Destinos entrelaçados

O ano era 1982, e o país estava no centro de importantes acontecimentos no cenário político. Naquele ano, ocorreram as primeiras eleições por voto direto, desde a tomada do poder pelos militares em 1964. O governo militar estava há 18 anos sob o comando da nação e o clima era controverso.

A cidade de Grota, um pequeno refúgio localizado no interior de Minas Gerais, assim como o próprio estado mineiro, passava por transformações significativas. Nas rodas de conversa que aconteciam na praça central e na pequena mercearia ao lado da estrada — que levava à mina responsável por impulsionar a economia local — os temas predominantes eram: política, futebol e as típicas histórias de cidadezinhas do interior.

A mercearia era o ponto de encontro dos trabalhadores antes e após o expediente, assim como nos finais de semana. O dono da vendinha era um senhor pacato de pele morena chamado Francisco, que, apesar de seus 32 anos, demonstrava sinais do tempo, o que o fazia parecer muito mais velho.

As conversas, regadas a café e "branquinha", frequentemente alteravam os ânimos dos apoiadores dos candidatos ao governo do estado, Tancredo Neves e Eliseu Resende, e apenas se acalmavam quando o assunto voltava-se para o futebol e para o time do coração da maioria dos moradores: o Galo. O Atlético Mineiro estava indo "de vento em popa" no campeonato mineiro daquele ano.

Após Tancredo Neves, o nome mais popular entre os habitantes de Grota era Renato Queiroz, considerado o melhor jogador do Galo naquela temporada.

Os dias na pequena cidade se desenrolavam como um loop temporal, onde tudo parecia se repetir.

No dia 12 de abril, como de costume, Francisco e Dona Maria tomavam o café da manhã. Como bons mineiros, não abriam mão de uma boa quantidade de broa de milho e um cafezinho feito na hora, que servido em um par de xícaras esmaltadas, desfrutavam sentados à beira do velho fogão a lenha.

Após terminarem a refeição e trocarem carinhos, Francisco atravessou a porta de madeira da cozinha que dava para seu pequeno comércio. Enquanto organizava o balcão e pendurava algumas linguiças no varal, ouviu o grito desesperado de Maria, que ainda estava na cozinha ao lado do borralho. Como um tiro de espingarda, Chico atravessou a porta e logo estava ao lado de sua amada, rodeados por uma poça de um líquido que parecia estar saindo dela. Maria, grávida de 42 semanas, logo percebeu que havia rompido a bolsa e que em breve veriam o rosto de seu primeiro filho. Finalmente, a família Barbosa receberia mais um membro.

O casal estava junto há 12 anos. Tinham se conhecido na infância enquanto frequentavam a escola de apenas uma sala, onde cursaram o antigo "ensino primário". Desde o momento em que se viram, foram tomados por uma sensação estranha que causava um baita frio na barriga, uma grande vontade de estar um ao lado do outro. Isso nem sempre era possível, já que Dona Aurinha, professora exigente, frequentemente decidia realocar Chico de lugar quando percebia que o rapazinho, com um sorriso bobo estampado no rosto, estava perdendo preciosos momentos admirando Maria, enquanto ela meticulosamente registrava suas anotações no caderno.

Apesar de terem deixado os estudos na quarta série, eles não se afastaram. Continuaram se encontrando uma vez por semana, aos domingos, após a missa. Escondidos atrás da igreja, o casal, longe dos olhares curiosos e delatores, trocava beijos e promessas de amor.

Esperando o milagre da vida

Francisco estava tão atônito que não percebeu quando Dona Idalina, ao ouvir a gritaria da rua, entrou pelo portão e dirigiu-se ao quarto onde a futura mamãe se encontrava. A mulher era uma conhecida senhora e experiente parteira, responsável por trazer ao mundo a maioria dos meninos e meninas de Grota. Com rapidez, colocou Maria deitada na cama e logo a incentivou a fazer força.

Naquele quarto de teto baixo e chão batido, coberta de suor, Maria sentia-se à beira da morte. Com dores antes por ela desconhecidas, parecia estar sendo triturada pelo seu velho moedor de café. O tempo passava, e nada do seu filho "dar as caras".

Francisco andava de um lado para o outro, agitado. Uma mistura de ansiedade e compaixão por sua amada o dominava. Ele dividia seu tempo entre lançar rápidos olhares para o quarto e responder aos curiosos que chegavam a sua venda, ansiosos por conhecer o herdeiro da família Barbosa.

Chico ficava ainda mais angustiado ao ver a parteira pressionando a barriga daquela mulher em prantos, que parecia demorar a trazer seu bebê ao mundo. Ele estava convencido de que teria um filho, pois a barriga de sua esposa tinha o formato pontudo, sinal de que um menino estava a caminho. Além disso, ele lembrava-se do teste que sua mãe, Dona Zefa, havia feito utilizando uma agulha amarrada na ponta de um barbante. O metal movia-se em linha reta sobre o ventre da futura mãe, e o seu balançar não deixava dúvidas: o primeiro herdeiro da família se chamaria Renato, em homenagem à estrela do Galo, seu time do coração.

*

A chegada de Luiza

Em meio aos gritos de Maria e às orientações de Idalina, um breve silêncio emergiu logo rompido por um gemido fraco. O choro rapidamente se intensificou até tornar-se forte e alto o suficiente para ser ouvido do lado de fora da mercearia. Francisco correu para o quarto e se aproximou de Maria, que estava tão cansada que parecia prestes a desfalecer sobre a cama do casal. Do lado direito do quarto, Idalina banhava o novo membro da família em uma bacia esmaltada, que ela colocou sobre uma penteadeira em frente à janela. Minutos antes, o móvel abrigava os produtos de beleza de Dona Maria, uma mulher muito bonita e vaidosa. Como Chico costumava dizer, ela estava sempre linda e perfumada como uma flor. Ele carinhosamente a apelidara de "flor-de-maracujá" e não perdia oportunidades de elogiar sua amada.

Francisco permaneceu parado ao lado da cama por um momento, observando a experiente parteira manusear com extremo cuidado o pequeno corpo. Dona Idalina segurava a cabecinha do recém-nascido com a mão esquerda e, com a outra, o banhava com movimentos suaves. Seu olhar atravessava a janela à sua frente, onde havia uma suntuosa mangueira. Na árvore, alguns sabiás cantavam e saltitavam em um belo balé entre os galhos. Em seus pensamentos, a mulher tinha certeza de que as majestosas aves cantavam para celebrar a chegada daquela nova vida.

Francisco, ansioso, mas hesitante, retirou o chapéu que raramente saía de sua cabeça. Ele caminhou vagarosamente em silêncio, parou e olhou por cima dos ombros de Dona Idalina para ver seu bebê, que já não chorava mais. O recém-nascido apenas se movia com gestos delicados, ao sentir o toque das mãos daquela que o limpava com tanto carinho e habilidade.

Aquele ser tão pequenino, com poucos cabelos cor de ouro e um nariz arrebitado, que lembrava muito o nariz que ele tanto admirava em Maria, tinha os olhinhos entreabertos, num tom azulado que indicava que seriam claros. Isso fez com que o coração do novo pai batesse ainda mais forte, aumentando assim a ansiedade que durara semanas. Ele desejava se aproximar e confirmar o sexo da criança que tanto esperou.

Francisco deu um passo e se posicionou ao lado direito de Idalina, que, para lhe dar mais espaço, logo se afastou um pouco à esquerda. Ele percebeu que a homenagem ao seu ídolo do Atlético Mineiro teria que ser adiada, pois, para sua surpresa, ali, diante dele, estava uma bela e saudável menininha.

Dona Idalina envolveu a recém-nascida em uma toalha e a entregou nos braços de seu pai. Francisco, um pouco desajeitado, segurava sua filha como se estivesse abraçando o tesouro mais precioso do mundo. Ele se aproximou de sua esposa, que o observava desde que ele pegara a menina, e sentou-se à beira da cama, colocando a pequena nos braços da mãe.

Francisco, que, ao conhecer o sexo da criança, havia ficado momentaneamente chocado, já se encontrava profundamente apaixonado por aquela pequena joia de ser. Com os olhos marejados, ele comunicou a jovem Maria sobre o sexo do bebê. A esposa sorriu e logo anunciou que o nome de sua filha seria Luiza.

O amor em pequenos detalhes

Com o passar dos dias, Francisco surpreendeu a todos ao demonstrar ser um típico pai babão. Sempre que possível, estava com sua bebê nos braços. Chico, naturalmente, se encarregou dos cuidados com a filha enquanto Maria cumpria seu resguardo. Era o dedicado pai quem dava banho, trocava e lavava as fraldas de pano que enchiam o varal esticado entre duas mangueiras. Chico já não conseguia dormir uma noite inteira sequer, e também não achava trabalhoso acordar a cada hora para se certificar de que sua princesinha estava respirando.

Ao primeiro canto do galo garnisé, que se achava o dono do quintal, ele acordava como de costume. Certificava-se de que a fralda da pequena estivesse limpa e a ajeitava nos braços da mãe, que logo a alimentava. Depois, Francisco ia até a cozinha e preparava o café da manhã do casal. Após a refeição, dava um beijo na esposa e, em seguida, abria as pequenas janelas protegidas por tramelas, além da parte superior da porta que dava para o quintal. Feito isso, dirigia-se à sua pequena venda, onde do outro lado do balcão já o aguardava um pequeno grupo de mineiros que conversavam e davam altas risadas. O barulho era tanto que a algazarra podia ser ouvida por Maria, que começava a arrumação na pequena cozinha.

A mercearia da família Barbosa era pequena, porém bem organizada. Ocupando cerca de 25 metros quadrados, tinha de tudo um pouco. Na fachada, com algumas falhas no velho reboco, havia uma pequena cobertura de madeira e telhas de barro. Logo abaixo, uma porta-balcão de ferro ficava a um metro acima do chão.

Quem passava pela estreita rua conseguia ver quase todo o interior da mercearia. Um varal que atravessava o cômodo de um lado a outro, mantinha penduradas as melhores linguiças da região, feitas pelo próprio casal. Nas prateleiras de madeira, era possível encontrar desde itens de limpeza até garrafas de feijão, arroz, manteiga e leite fresco. Moisés, um sujeito gordo, bonachão e velho amigo de infância de Francisco, era quem coletava os itens dos pequenos sítios e os entregava pontualmente às oito da noite, à porta da família, em seu pequeno e inconfundível caminhãozinho amarelo.

Na venda dos Barbosas, também não faltavam a famosa "pinguinha" ou "água que passarinho não bebe", rapé, fumo de rolo e algumas verduras e hortaliças cultivadas pelo próprio casal em seu quintal. Sobre o balcão, Chico colocava um colorido baleiro de vidro e também alguns potes de doces que faziam a alegria da criançada. ❋

Um paraíso de amor

As semanas se passavam e Luiza se mostrava cada dia mais esperta e saudável. Dona Maria retornara gradualmente aos seus afazeres. Francisco dividia seu tempo entre a rotina de sua venda e os cuidados com a bebê. Muitas vezes, via-se obrigado a deixar seus clientes falando sozinhos ao ouvir a filha chorar aos seus pés.

Luiza passava a maior parte do dia embalada em um sono angelical, em um cesto de vime colocado delicadamente embaixo do balcão. A menina repousava ao lado de uma caixa de madeira que guardava alguns trocados e o surrado "caderno de fiados". Era nessas folhas que o organizado administrador anotava os débitos de seus fiéis clientes, que eram geralmente quitados no quinto dia útil de cada mês, quando a companhia mineradora pagava o merecido salário aos seus colaboradores.

Ao primeiro gemido da menina, Francisco se abaixava e após conferir que as fraldas estavam limpas, corria até Maria, que amamentava aquela que ela carinhosamente apelidara de "pequena bezerrinha". Sem interromper seus afazeres, Maria cantarolava e num balançar compassado, alimentava Luiza até que a pequena caísse novamente no sono. Após isso, a menina era devolvida ao confortável cesto, onde vez ou outra acordava e voltava a dormir tranquilamente, ouvindo os sons graves das conversas dos matutos que por ali paravam.

Dona Maria era uma mãe dedicada. Assim que o marido fechava seu comércio ao pôr do sol, pegava sua bebê no colo, enquanto o companheiro assumia o restante dos afazeres da cozinha. Chico sentia-se completo e afortunado. Afinal, pensava ele, o que mais poderia querer? Ali, naquele pequeno pedaço de paraíso, tinha tudo o que considerava as melhores coisas do mundo. Satisfeito na cozinha, podia ouvir sua esposa cantarolando no quarto e arrancando risos contagiantes de sua filhinha, enquanto ele colocava sobre a mesa o que chamava de "manjar dos deuses feito por suas próprias mãos".

Nas panelas de barro, com aroma de fogão a lenha, havia arroz, feijão, linguiça, torresmo e mandioca frita, que seriam acompanhados por uma grande jarra de suco de manga. Assim que Luiza adormecia, ambos sentavam-se à mesa, saboreando aquele delicioso jantar. As trocas de olhares em meio às conversas eram sinais de que mais uma noite calorosa entre os amantes os aguardava.

As descobertas de Luiza

A vida na casa da família Barbosa nunca mais seria a mesma. Luiza era a atração do lugar, e seu desenvolvimento não poderia ser melhor, pois estava rodeada de carinho e atenção. A partir do momento em que começou a engatinhar, nada mais ficava no lugar. A menina adorava brincar com as garrafas de feijão, que sorrateiramente pegava na despensa improvisada embaixo da pia. Foi realmente um grande achado quando ela descobriu a diversão que existia por trás da cortininha que escondia os mantimentos. Para encontrar a pequena, bastava seguir o rastro deixado pelos grãos que ficavam pelo chão.

Com dez meses, Luiza deu seus primeiros passos de forma totalmente independente. A pequena já não dormia na venda aos pés do papai como antes. Pelo contrário, tinha energia de sobra para fazer Chico correr atrás dela, enquanto cambaleante, atravessava a porta que dava para a cozinha, carregando e espalhando vários tipos de produtos que pegava das prateleiras mais baixas. Depois do colo, o segundo lugar favorito da menina era em cima do balcão, onde se distraía girando e observando o colorido baleiro de vidro.

Renato: Uma nova estrela surge

Em 15 de março de 1983, o recém-eleito Tancredo de Almeida Neves assumiu o governo do estado. A maioria da população de Grota festejou e estava confiante no advento de dias melhores.

Na manhã seguinte ao importante e celebrado evento, Francisco ficou um pouco preocupado, pois Maria não tomou o café da manhã. Ela dizia estar bastante indisposta e um tanto enjoada. Mesmo com a insistência do marido, recusou-se a procurar atendimento médico.

Os dias foram passando e a desconfiança de Maria foi confirmada. Seria necessário providenciar um berço para Luiza, pois já estava a caminho alguém que iria ocupar o espaço que a primogênita desfrutava na cama do casal.

Em 16 de dezembro daquele ano, numa sexta-feira à tarde, Dona Idalina novamente se dirigiria às pressas para a casa da família. Moisés, que acabara de encostar o caminhão em frente à venda, para ter "dois dedos de prosa" com o velho amigo, nem teve tempo de desligar o motor quando foi surpreendido por um Chico ofegante. Apoiado à janela do motorista, Francisco pediu que ele fosse buscar a experiente parteira. Moisés deu meia volta e, levantando poeira, desapareceu na estrada que levava ao sítio da mulher, sete quilômetros distantes dali.

Moisés parou em frente à pequena porteira e viu ao longe Dona Idalina, que estava estendendo algumas peças de roupa no varal. Ao saber da novidade, a mulher secou as mãos, retirou o avental que vestia, ajeitou o cabelo em um coque e estava prontamente sentada ao lado de Moisés, em direção à casa dos Barbosas.

Dona Idalina adentrou o quarto e encontrou Maria na cama já em trabalho de parto. Francisco, inquieto, andava de um lado para outro com a primogênita no colo. A mulher então pediu que pai e filha aguardassem na cozinha. Àquela altura, já era possível ver a cabecinha daquele que em breve conheceria o mundo.

Em questão de poucos minutos, um choro forte ecoou pela casa. Chico não se conteve e sem pensar duas vezes, correu até a cama para conhecer o pequeno ser de pulmões tão fortes.

Francisco estava em êxtase. Naquele mesmo ano, ele pôde ver seu time do coração se tornar hexacampeão mineiro. O Galo havia feito uma excelente campanha e aquele seria o momento ideal, para homenagear o homem que ele dizia ser "o melhor jogador do Brasil". Ao ver ainda despido no colo de Idalina um belo menino, de choro forte e uma vasta cabeleira de fios cacheados, não hesitou e num grito eufórico anunciou que, assim como a estrela atleticana, seu filho também se chamaria Renato.

Renato: Uma alegria contagiante

Renato, assim como sua irmã, rapidamente conquistou a família e os amigos. Aquele menininho travesso era a alegria da casa e, ao lado de sua irmã mais velha, deixava Chico e Maria de cabelos em pé.

No dia 16 de dezembro de 1984, a mesa da cozinha estava repleta de doces e, no centro dela, um delicioso bolo com cobertura e recheio de abacaxi. Maria acordara mais cedo do que o habitual para os preparativos daquele dia tão especial.

Ao lado de sua esposa, enquanto saboreava o delicioso bolo, Francisco orgulhosamente observava seu menino que, com gargalhadas contagiantes, vestido com uma pequena camisa do Atlético, engatinhava ao redor da mesa, sendo seguido pela irmã mais velha.

A primeira festa de aniversário de Renato durou a tarde inteira. Ao cair da noite, Chico, sentado à mesa com seu amigo Moisés, tocava e cantava para os demais convidados que ainda restavam ali. O aniversariante adormeceu no colo da mãe, ao som da cantoria e do rasqueado da viola.

Luto e esperança

O ano de 1985 foi de alegrias e também de muita tristeza para o Brasil, especialmente para os mineiros. Nesse ano, o país e a cidade de São João Del Rei perderam um de seus filhos mais ilustres.

Francisco, assim como os demais cidadãos grotenses, andava desanimado. Um clima de melancolia pairava sobre a cidade. A tristeza e a falta de perspectiva eram companheiras nos bancos da praça central e no balcão de seu comércio, onde os risos e conversas animadas pareciam ter desaparecido.

O silêncio tornou-se comum à beira do balcão, onde alguns diziam ser até possível ouvir o som da "branquinha", que engolida por aqueles que ali paravam para afogar suas tristezas, descia queimando as gargantas.

O clima triste que pairava sobre a cidade não era sem motivo. Três meses após ser eleito presidente do Brasil, o ex-governador do estado de Minas Gerais faleceu às vésperas de tomar posse como presidente da nação, aos 75 anos.

Naquele ano, Francisco, juntamente com sua família e amigos, não conseguia conter as lágrimas diante da TV, que no dia 24 de abril transmitia o enterro do ilustre mineiro. À beira do túmulo 85, estavam o corpo de Tancredo Neves e também os sonhos e expectativas de Chico e de toda a nação. A vida só voltaria a ter cores novamente após um ano de luto, com a chegada da 13ª Copa do Mundo.

*

Alegrias e desafios: A chegada de Diego

Francisco e Maria, apesar de tudo, estavam, como eles mesmos diziam, "felizes demais da conta". Sentiam-se completos. Tinham um relacionamento exemplar e os filhos com quem sempre sonharam. Além disso, a família estava prestes a aumentar, pois estava a caminho um irmãozinho para Luiza e Renato.

Em 1986, ano da Copa do Mundo no México, Francisco, um fanático por futebol, usou as economias que havia guardado e comprou um aparelho de televisão com tela colorida. O aparelho fez sucesso com as crianças, e Maria não perdia um programa da recém-apresentadora do SBT, Hebe Camargo.

Chico não perdeu sequer um jogo da Copa do Mundo, mesmo depois de o Brasil ter sido eliminado nas quartas de final. Ele acompanhou até o último segundo do torneio, no qual a Argentina se consagrou campeã, deixando a Alemanha em segundo lugar.

Apesar da aparente reprovação dos amigos, inclusive do carrancudo Moisés, que não aprovava a torcida do amigo pelos *hermanos*, Francisco não escondia a admiração que tinha pelo baixinho marrento Diego Maradona. O camisa dez da Argentina entrou para a história naquele ano, em terras mexicanas.

Na manhã fria do último dia de junho de 1986, no recém-inaugurado hospital da cidade, Maria dava luz a Diego, nome que Francisco fez questão de escolher.

Maria, mãe dedicada, mas também mulher atarefada, mesmo com a ajuda de Chico, dava "nó em pingo d'água" para dar conta dos afazeres domésticos e também cuidar das três crianças pequenas. Quando Francisco chegava "se engraçando", ela não resistia, mas deixava claro que "a fábrica estava fechada" e que não queria mais um menino para dar trabalho e ficar correndo pela casa.

Diego, diferente dos irmãos mais velhos, chorava bastante à noite. Nos primeiros quatro meses, ninguém na casa teve sequer uma noite inteira de sono, nem mesmo Luiza, que costumava dormir profundamente. O pobre menino sofria muito com cólicas.

Em uma das consultas com o Dr. Raimundo, um respeitado pediatra que chegara meses antes à cidade, Maria foi orientada a evitar café, feijão, leite, queijo e outros tipos de alimentos. Maria ficou desconfiada ao ser informada de que os alimentos que consumia influenciavam na saúde do bebê, mas resolveu seguir as orientações. Tirou do prato o feijão que tanto gostava, mas dizia que o sacrifício maior era deixar de lado a farta fatia de queijo, que comia toda tarde acompanhada de uma caneca cheia de café. Francisco solidarizou-se e até deixou de tomar seu cafezinho, mas sentia saudade do aroma da bebida e da imagem do bule azul sobre o fogão a lenha, de onde pingava o café quentinho que passava pelo coador de pano.

Era Francisco quem preparava o jantar, e por dias comeram apenas arroz e frango com quiabo, até que finalmente Diego passou a ter noites inteiras de paz e tranquilidade dignas de um pequeno anjo.

Chico, que já havia se acostumado com suas olheiras, arrancava risos de Maria quando dizia ter descoberto um novo santo, "Santo Raimundo da Grota".

A inocência dos primeiros amores

Diego era um menino calmo, tranquilo e muito apegado à mãe. Desde bebê, só queria o colo de Maria. Enquanto Luiza auxiliava Francisco na venda e Renato se divertia no quintal, o caçula, de apenas quatro anos, se dedicava a auxiliar a mãe nos cuidados com as galinhas e na manutenção da horta. Eram das verduras colhidas naquele canteiro que diariamente, tanto no almoço quanto no jantar, vinha o toque verde que enfeitava a mesa da família.

Luiza acordava sempre no mesmo horário que o pai, junto com as galinhas do terreiro. Sentada à mesa, tomava seu café da manhã antes de partir para mais um dia de aula. Luiza estava cursando a segunda série e era uma das alunas mais dedicadas da sala. Sentava-se ao lado da professora, para acompanhar melhor as lições e também escapar das constantes investidas dos garotos, especialmente de Vicente.

Vicente era um menino gordinho, gente boa, colega de sala de Luiza e filho mais velho de Moisés. Era um dos muitos garotos que aproveitavam o intervalo, longe do olhar atento da professora Ana, e invadiam a sala para colocar cartinhas de amor entre as folhas do caprichado caderno que Luiza deixava sob a carteira. A menina, com seus longos cabelos cacheados, cor castanho e belos olhos esverdeados, realmente encantava os garotos.

Vicente, nada bobo, no primeiro dia de aula, assim que colocou os olhos na menina, tratou logo de fazer amizade com seu irmão Renato. Suas idas todas as tardes, após as aulas para brincar com o amigo no terreiro, eram apenas uma desculpa que usava para estar mais perto de sua inocente paixão infantil.

Muitas vezes, o menino era surpreendido e expulso da cozinha por Chico, pois frequentemente entrava no recinto e demorava tempo demais tomando um copo d'água que, com o coração acelerado e as mãos trêmulas, pedia a Luiza. Chico o apelidara de "Vicente camelo", porque nunca vira um menino beber tanta água.

Francisco, sempre atento, já havia percebido as intenções do garoto. Sempre mandava o "pequeno Romeu" de volta ao quintal, onde Renato o aguardava correndo em círculos, levantando poeira e assustando os pintinhos enquanto chutava sua velha bola de capotão.

De pé na pia ao lado de Luiza, que lavava as louças, Chico e a filha conversavam e davam risadas sobre o comportamento do menino. Francisco não estava muito preocupado com isso, pois Luiza tinha sua total atenção voltada aos estudos, aos cuidados com seus irmãos e aos afazeres da casa.

Vicente só ia embora à noite, após os insistentes gritos de seu pai. Moisés precisava chamá-lo mais de uma vez, para vê-lo sentado ao seu lado no caminhão de volta para casa.

No dia seguinte, o pai sabia que tudo se repetiria novamente, apesar de dizer ao filho que aquele não era o momento, afinal, ele era apenas um menino de nove anos.

✳

As paixões no campinho e no quintal

Renato, assim como o pai, era apaixonado por futebol. Todas as tardes, acompanhado de Vicente, ia até o campinho improvisado do outro lado da rua para mais uma "peladinha" com os amigos. Vestido com uma camisa do Atlético que ganhara da mãe em seu aniversário de seis anos, era o primeiro escolhido no time, não apenas por ser o dono da bola, mas também por ser habilidoso no jogo. Os amigos costumavam dizer que Renato provavelmente se tornaria um jogador profissional, pois era talentoso e tinha pernas fortes. Suas panturrilhas, ou como eles chamavam de "batatas das pernas", eram maiores em comparação com as dos outros meninos.

Era Renato quem marcava a maioria dos gols, embora tivesse um jeito diferente de correr, caísse e se cansasse com frequência. Geralmente, jogava por pouco tempo e logo pedia para ser substituído a fim de recuperar o fôlego.

Enquanto os meninos brincavam no campinho, Diego passava a maior parte das tardes no quintal. Quem passasse pela rua, podia vê-lo pelas frestas da cerca de madeira, sentado em posição de índio ou correndo rodeado por pintinhos e galinhas que disputavam os grãos de quirera que ele, entre gostosas gargalhadas, jogava no chão.

*

Entre novelas e copas

Era o início dos anos 90, e eventos importantes ao redor do mundo eram noticiados pela TV. A recente queda do Muro de Berlim e a aguardada reunificação alemã eram celebradas globalmente. O comunismo estava em declínio na Europa, e a Guerra Fria caminhava para o fim, com a iminente dissolução da União Soviética.

No Brasil, a democracia se revigorava com a eleição do presidente Fernando Collor de Melo. Na extinta TV Manchete, uma novela modificou os hábitos de Maria, fazendo com que ela apressasse seus afazeres para ocupar seu lugar no sofá às nove e meia da noite. Maria sentava-se diante da TV com a companhia fiel de Luiza, aguardando ansiosamente o início da novela *"Pantanal"*, protagonizada pela atriz Cristiana Oliveira, que logo se tornou um sucesso nacional.

Francisco somente tomava posse do móvel quando o assunto era futebol. Acompanhado de seus dois meninos, não perdia sequer uma partida, mesmo quando o Galo, seu time do coração, não estava em campo.

Em junho de 1990, Chico e os filhos vibraram em frente ao aparelho televisivo com o início da transmissão dos jogos da 14ª Copa do Mundo, realizada na Itália. Mais uma vez, Chico assistiu à bela e polêmica atuação de Diego Maradona, que mesmo machucado, realizou a jogada que definiu o placar em um jogo contra a seleção brasileira. Aos trinta e cinco minutos do segundo tempo, cercado por quatro jogadores brasileiros, o baixinho habilidoso driblou Alemão, passou por Dunga e deixou seu colega Caniggia frente a frente com o goleiro Taffarel, que foi fintado e sofreu o gol que eliminou o Brasil da competição nas oitavas de final.

Chico e Renato estavam desolados, em contraste com o pequeno Diego, que pulava no sofá assistindo às peripécias daquele jogador que compartilhava seu nome. Francisco, um fã declarado de Maradona, ao perceber a alegria inocente do menino, logo recuperou o ânimo, torcendo pelos argentinos enquanto segurava o pequeno Diego no colo.

Renato, contrariado após a eliminação do Brasil, não assistiu a mais nenhum jogo daquela Copa. No entanto, ele vibrou secretamente do lado de fora quando, empoleirado na janela da sala, viu seu pai e o irmão mais novo desapontados com a derrota da Argentina. Na final da Copa, em oito de julho, a Alemanha fez um gol e venceu os argentinos. Naquele ano, os alemães se tornaram tricampeões do mundo em Roma, na Itália.

Amor além das novelas

Enquanto os meninos estavam deitados no quarto, Chico, sentado à beira do fogão a lenha, observava sua esposa e sua filha mais velha, que estavam sentadas em frente à televisão. O aparelho, sintonizado na Rede Manchete, transmitia mais um capítulo da novela *"Pantanal"*. Luiza, à esquerda da mãe, não desgrudava os olhos da TV. Apesar de Chico não gostar de novelas, como sempre fazia, após um tempo, ele se sentava no sofá ao lado direito de Maria.

Com o avançar da noite, sentindo-se carente, Chico tentava desviar a atenção da esposa. Suas investidas raramente funcionavam, e ele só conseguia a atenção de Maria ao final da passagem dos créditos daquele folhetim. Então, finalmente, ele pegava a esposa no colo e, sob o olhar desconfiado de Luiza, a levava para o quarto. Nesse momento, os meninos já estavam praticamente desmaiados e dormiam serenamente.

Enquanto Luiza ainda estava na sala, de olho na TV, Chico não perdia tempo. Ele fechava a cortina que separava o pequeno cômodo e, com um olhar lisonjeiro, pulava em seu "ninho de amor", onde Maria o aguardava com um sorriso no canto da boca.

Quatro meses após o início da novela, Maria recebeu, boquiaberta, do seu médico, a notícia de que estava no início de sua quarta gestação.

Ao cair da noite do dia dois de abril de 1991, no hospital da cidade, além do vaso de flores que recebeu de Chico, Maria também recebeu das mãos de seu médico, Cristiana, sua segunda menina.

✳

Um amor que se multiplica

Maria, ao segurar Cristiana no colo, sentia como se tivesse voltado no tempo. Parecia reviver o momento em que, da mesma forma, segurou pela primeira vez, quase nove anos atrás, a sua primogênita. Cristiana tinha os mesmos traços de Luiza e, se não fossem pelos anos que separavam o nascimento das duas, poder-se-ia dizer que eram gêmeas.

No dia seguinte ao nascimento da caçula, Francisco não abriu a sua venda. Ao cantar do galo, ele colou um aviso na porta do seu comércio, deu um beijo em Luiza, que o acompanhara até a rua, e aproveitou a carona do amigo Moisés, partindo em direção ao centro da cidade com destino à maternidade. Chico, vestindo a sua melhor roupa, orgulhosamente carregava no colo uma bolsa com algumas vestimentas para a esposa e o recém-nascido. Assim que perdeu de vista o caminhão que acabara de virar a esquina, Luiza retornou à cozinha para preparar o café da manhã dos irmãos que ainda se encontravam debaixo das cobertas.

Francisco passou a noite no hospital e, na companhia da esposa, retornava para casa na hora do almoço do dia seguinte, carregando sua caçula nos braços. Ao ouvirem o ronco do velho caminhão de Moisés, as crianças correram até o portão, curiosas para conhecer a nova irmãzinha. Renato e Diego rodeavam o pai enquanto caminhavam pelo terreiro em direção à porta que dava para a cozinha. Logo atrás, Maria os seguia a passos lentos, amparada por Luiza. Naquele momento, Maria não pôde conter suas lágrimas ao caminhar ali, abraçada à sua primogênita, que parecia ter amadurecido tanto em tão pouco tempo. Luiza, cuidadosa e responsável, já não aparentava mais ser aquela menininha que, dias antes, Maria abraçou e beijou enquanto dava orientações momentos antes de partir para a maternidade.

A doce rotina da família

Luiza, apesar de ainda ser uma criança, já assumia algumas responsabilidades. Era ela que, como Chico dizia, "colocava ordem na casa". Enquanto Francisco estava na venda e Maria ocupada com os cuidados com a bebê, Luiza se encarregava dos afazeres domésticos. Apesar de pequenina, demonstrava muita força de vontade, além de ser organizada e comprometida. Os meninos não saíam para a rua sem antes comunicar à irmã mais velha.

Com o nascimento de Cristiana, Diego ficou muito manhoso. Muitas vezes, quando não estava brincando no quintal, estava ao lado de Luiza. Era a irmã mais velha quem supria o carinho e cuidados que antes Maria dedicava ao pequeno, já que Cristiana tomara boa parte da atenção da mãe e assumira o posto de caçula da casa.

Renato, por sua vez, já era bastante independente. Passava a maior parte dos dias no campinho ou na rua aprontando alguma coisa com seu amigo Vicente. Só ficava em casa quando na televisão eram exibidos seus programas favoritos. O menino não perdia um capítulo sequer da novelinha *"Carrossel"* do SBT e também se divertia com as aventuras de Lucas Silva e Silva, personagem principal da série *"Mundo da Lua"*, exibida diariamente pela TV Cultura.

Um ano após seu nascimento, Cristiana ensaiava seus primeiros passos, e a partir desse momento, assim como Luiza, não deixava mais nada no lugar. Novamente, a casa não permanecia arrumada, tudo que estivesse ao seu alcance, em instantes, era espalhado pelo chão, fosse arroz, feijão ou brinquedos, o que deixava Luiza de "orelha em pé".

Luiza, ao chegar da escola, recolhia as fraldas brancas que eram diariamente postas lado a lado no varal. Convencia Diego a comer a comida que já esfriava no prato, arrumava a bagunça da pequena Cris, ia até a venda e ali passava um tempo ao lado do pai. Ajudava na organização dos produtos, no atendimento de clientes que, ora ou outra, se achegavam por ali, bem como organizava as anotações do velho caderno de fiado.

Luiza já cursava a terceira série e era uma das mais inteligentes da sala. Aos dez anos, com a chegada de um novo colega de classe, ela conheceu um sentimento novo que a fazia passar boa parte do seu tempo cantarolando *"É o Amor"*, música de sua nova dupla favorita, Zezé Di Camargo e Luciano. Seu radinho, presente que o pai lhe deu em seu último aniversário, ficava a tarde inteira sintonizado na rádio local. Quando ouvia tocar uma música da dupla goiana, colocava o aparelho o mais próximo do ouvido e, sentada ali no degrau da porta da cozinha, cantava tão alto que seu pai podia ouvir ao lado, sentado à beira do balcão. De tanto ouvi-la, Chico já tinha decorado a música e, olhando para o nada, em voz baixa, seguia sua menina, vez ou outra levando à boca o cigarro de picadão que sempre o acompanhava.

Quem não gostava muito do que via e ouvia era Vicente, que na sala de aula já tinha percebido os olhares da menina para Murilo, o garoto novo. O recém-chegado não havia feito nada a Vicente, muito menos tinha conhecimento dos sentimentos que a colega de sala nutria por ele. Vicente odiava-o pelo simples fato de não ser ele o motivo do pobre Francisco gastar tanto dinheiro comprando pilhas para aquele "bendito radinho". Se Vicente não gostasse tanto de Luiza, certamente teria quebrado aquele aparelho, como considerou fazer por diversas vezes quando o via indefeso sobre a pia.

O desaparecimento de Renato

Era mais uma manhã típica do mês de julho. Após uma noite chuvosa, o sol apareceu com todo o seu vigor naquela fatídica manhã. Não foi a melhor noite de sono para a família. Apesar da chuva, fazia bastante calor, o que só piorou quando os primeiros raios do astro-rei entraram pelas frestas da janela do quarto onde dormiam.

Francisco passou a noite toda inquieto, rolando de um lado para outro na cama que dividia com sua esposa e a pequena Cristiana. Assim que percebeu o nascer do sol, levantou-se para preparar seu famoso cafezinho preto, que seria acompanhado por deliciosas fatias de queijo e umas pequenas broas de milho.

Apesar do calor e dos voos intensos, zumbidos e picadas dos pernilongos, os meninos até que dormiram muito bem, como sempre faziam. Renato foi o primeiro a sair do colchão, que dividia com seu irmão mais novo, ao ouvir o tilintar da colher que seu pai usava para adoçar a bebida. O menino correu logo para a mesa, pegou sua canequinha esmaltada, encheu de café, meteu a mão em uma broa de milho e já ia levando à boca quando quase derrubou tudo ao ouvir seu pai repreendê-lo. Era costume da família, primeiro lavar o rosto, escovar os dentes e somente depois desfrutar daquele típico café da manhã mineiro.

Diego logo apareceu na cozinha, ainda com os olhos entreabertos e cheios de remela. Francisco o fez correr para se lavar. Do quarto, Maria podia ouvir a algazarra dos meninos no pequeno banheiro. Ela se ajeitou, levantou da cama, pegou Cristiana no colo e se dirigiu à cozinha enquanto dava de mamar para a caçula. Poucos minutos depois, Luiza também adentrava o recinto, juntando-se à família.

Como sempre, o café acontecia com todos sentados à mesa, próxima do fogão a lenha. Os meninos faziam a refeição rapidamente, pois queriam correr para fora e aproveitar mais um dia de sol. Maria dizia que os filhos achavam que o mundo iria acabar, pois nunca tinha visto meninos tão afobados.

Satisfeito, Francisco levantou-se, deu um beijo em sua amada, saiu e atravessou a porta que dava para sua pequena venda. Do lado de fora, já havia uma dúzia de mineiros ansiosos pela dose matinal da famosa "branquinha", a cachaça que descia queimando a goela e deixava o caminho para a labuta mais alegre. Compravam também fumo picadão, que enrolado em palha, dava um odor característico à pequena estrada por onde passavam.

Da janela, Dona Maria observava Renato sair para a rua e, depois de um tempo, desaparecer na esquina, seguido pelo seu amigo Vicente.

No quintal, Diego, como sempre fazia, se divertia ao ter as galinhas correndo atrás dele, enquanto derrubava alguns caroços de milho no chão.

A manhã passou como de costume, e o protagonista daquele dia reinava no céu ao meio-dia, quando Francisco fechou a porta de sua venda e entrou na cozinha. Maria, com Cristiana no colo, o aguardava sentada à mesa e ao seu lado já estavam a postos Luiza e o pequeno Diego. A cadeira de Renato ainda se encontrava vazia.

A comida sobre a mesa era daquele tipo que se come com os olhos. Maria era uma excelente cozinheira e havia preparado sua famosa galinhada, acompanhada de torresmo e mandioca frita, que Diego ajudou a colher da pequena horta no dia anterior.

Francisco já estava nervoso com a ausência de Renato. Retirara o cinto que segurava sua velha calça de trabalho e já ia levantando da mesa em direção à rua. Pretendia sair em busca daquele que ele carinhosamente chamava de "menino levado", quando a família ouviu os gritos apavorados de alguém do lado de fora. Luiza correu para o quintal e viu, pelas frestas da cerca, o amigo Vicente esbaforido e curvado com as mãos nos joelhos. O garoto mal conseguia falar de tão cansado, e Luiza só conseguiu entender as palavras "Renato" e "ribeirão", enquanto o menino disparava de volta pelo mesmo caminho pelo qual viera.

Luiza, com um nó na garganta e sem dizer uma só palavra, atravessou a porta em direção à rua seguindo Vicente. Logo em seguida, Francisco a acompanhava em direção ao pequeno rio que cortava a cidade.

A tragédia no ribeirão

Enquanto corria, Luiza já pressentia o pior. Sentia que o ar lhe faltava, e o coração acelerado parecia pulsar em seu pescoço. De longe, viu Vicente se ajoelhar ao lado do amigo, que acabara de ser retirado da água por um homem que por ali passava. Luiza se aproximou e pegou no colo aquele pequeno corpo já sem vida. Ali, olhando para o rosto de Renato, segurou forte a cabeça do menino e, aproximando seu rosto ao dele, só queria gritar. Talvez fazendo isso, seu pequeno arteiro acordasse daquele sono. No entanto, da boca da menina saíam apenas gemidos incompreensíveis. Da cabeleira cacheada do irmão, pingavam gotas de água do ribeirão que naquele momento certamente se encontravam levemente salgadas, misturadas ali com as lágrimas da menina.

Vicente, ao avistar Chico que vinha ainda segurando o cinto na mão, abraçou a amiga e ambos levaram o corpo e o colocaram nos braços do pai. O caminho de volta para casa, como em um cortejo fúnebre, foi lento e em total silêncio. Sabiam que não havia mais o que fazer.

Renato, destemido, tentara atravessar o riacho. Ao chegar à metade da travessia, gritou ao amigo dizendo que lhe faltavam forças nos braços e nas pernas. Vicente, que não sabia nadar, da beira do riacho, impotente, assistiu o amigo submergir pela terceira e última vez, com suas pequenas mãos desaparecendo sob a lâmina d'água. A única coisa que o menino poderia fazer era buscar por socorro. Na hora do almoço, não havia mais ninguém à beira do riacho, então a única opção era procurar auxílio na casa do amigo.

Ao chegar em casa com o filho nos braços, Francisco hesitou em atravessar o portão. Após receber um abraço de Luiza, seguiu em frente. Ao entrar na casa, continuou até o quarto, onde avistou Maria ajoelhada aos pés da cama com a pequena Cristiana sentada ao seu lado. Sem dizer nada, Chico cuidadosamente colocou o corpo do menino sobre a cama em frente à mãe.

Enquanto os vizinhos do outro lado da cerca especulavam sobre o que havia acontecido, a família, entre lágrimas, permanecia abraçada ao redor do corpo de Renato. Passado um tempo, Moisés, seguido por Vicente, entrou no quarto e silenciosamente pegou o menino no colo, envolvendo-o em uma manta que recebera das mãos de Luiza. A bordo do caminhão, ao lado do amigo Francisco, que segurava firmemente o filho no colo, Moisés partia em direção ao hospital que ficava a meia hora dali.

Maria, que os acompanhara até a porta, parou encostada ao batente, enxugando os olhos em seu avental enquanto assistia levarem seu filho. Assim que o caminhão, seguido por algumas pessoas, sumiu de suas vistas, a pobre mãe, amparada por Luiza e Diego, sentou-se à mesa, permanecendo ali. Já era noite quando ouviram o barulho do caminhão que acabara de retornar. Maria levantou-se, foi ao encontro do marido, que lhe deu um abraço silencioso. Ficaram parados ali no portão por um tempo, enquanto, sentados no degrau da porta, Luiza, Cristiana e Diego, em silêncio, os observavam.

O enterro de Renato aconteceria no dia seguinte no cemitério municipal.

A dor da perda

A triste despedida acontecia com a família de Renato recebendo abraços, palavras de carinho e apoio dos amigos que se aglomeravam na pequena saleta onde o corpo do menino repousava. Clientes da venda da família, professores e colegas de classe se reuniram ali até o momento em que o corpo foi levado para o seu derradeiro lugar. Renato foi visto pela última vez vestindo uma camiseta do Atlético, o time do qual ele tanto gostava e almejava um dia balançar as redes adversárias. Naquele momento, a dor da perda e a indignação com a despedida de alguém que partiu tão jovem eram compartilhadas por todos.

"A vida tem que seguir", dizia Chico com a voz embargada para a família.

O clima na casa nos dias seguintes já não era o mesmo. Pelo terreiro já não havia o levantar de poeira da velha bola de capotão, nem as marcas de terra que antes insistiam em aparecer nas roupas estendidas no varal. Ao amanhecer, Maria já não despertava ao ouvir as reclamações manhosas de Diego ao ser incomodado pelo irmão que sempre acordava primeiro. No banheiro, antes do café, Chico à beira do fogão a lenha já não ouvia as risadas dos meninos enquanto se lavavam. Nos horários das refeições, também não era diferente. Por um tempo, Maria, sem perceber, ainda colocava o prato do menino sobre a mesa. Francisco e Luiza nada diziam. Dando total apoio à mãe enlutada, não permitiam que Maria arrumasse a mesa ao final de cada refeição.

Luiza somente retomou sua rotina escolar após uma semana do ocorrido, sempre com o carinho e apoio incondicional do amigo Vicente, que se ofereceu para acompanhá-la diariamente nas idas e vindas do colégio. Após o apito final da escola, Vicente ajudava a menina a organizar seus materiais e a carregar sua bolsa pelo caminho de volta para casa, fazendo brincadeiras na tentativa de animá-la. Vez ou outra, um leve sorriso surgia no rosto da amiga, o que fazia Vicente sentir-se plenamente realizado.

Ao chegarem à casa dos Barbosas após o almoço, Luiza seguia sua rotina nos afazeres domésticos. Vicente permanecia um tempo ali, sentado no sofá ao lado de Diego, que já havia se acostumado à companhia do amigo. O menino só ia embora ao final do programa *"Glub-Glub"*, as aventuras do casal de peixes, exibido todas as manhãs e tardes pela TV Cultura. O programa era uma das distrações de Diego e acabou se tornando também um dos favoritos de Vicente, que estava presente todos os dias..

Diego, que depois da morte do irmão, enfrentava dificuldades para dormir, frequentemente acordava chorando no meio da noite. Desconsolado, chamava pela mãe com voz baixa, naquele colchão no canto do quarto que já não tinha mais o calor de Renato. Quando ouvia o pequeno, Luiza pegava seu cobertor e se deitava ao lado dele. Não demorou para que a menina decidisse dormir definitivamente ao lado do irmão. *

Tempos de incerteza

Nos noticiários do rádio e da TV, assim como nas conversas que ecoavam pela praça e outros cantos da cidade, especulações e algumas verdades sobre a situação caótica da economia do país eram debatidas. Apesar de não compreenderem completamente o assunto, as palavras em voga entre os grotenses eram "inflação" e "recessão".

As conversas dos trabalhadores da mina, que se encontravam diariamente no balcão de Chico, também não eram boas. As discussões regadas à cachaça indicavam que a mineradora estava à beira de fechar as portas e demitir todos os funcionários. Alguns demonstravam preocupação, enquanto outros não ligavam muito e afirmavam que era só conversa de "pé de cana".

Os temores não eram infundados. Desde os tempos dos avós, os grotenses ouviam falar que a vida estava se tornando cada vez mais difícil. À luz da fogueira no terreiro, onde assavam batatas-doces nas brasas, os jovens ouviam, perplexos, as histórias dos mais velhos, que passavam a noite discorrendo sobre as mudanças rápidas que ocorriam no Brasil. Chico fazia questão de destacar que, desde o seu nascimento, o Brasil havia trocado de "moeda" seis vezes, e como prova, exibia uma nota de cada versão que circulava de mão em mão. No entanto, os mais jovens não entendiam por que o nome da moeda mudava tanto. De Cruzeiro para Cruzado Novo, de Cruzeiro para Cruzado... Isso não fazia sentido.

O que também parecia não fazer sentido era o que Moisés repetia incessantemente, com a boca cheia, bochechas coradas e dedos entrelaçados sobre a barriga proeminente: "que a coisa estava difícil e as pessoas estavam vendendo o almoço para comprar a janta".

*

Tempos de esperança e desafios

Enquanto arrumava as prateleiras de madeira do pequeno comércio, Luiza percebia que já havia muito espaço entre os produtos colocados à venda. Seu pai não conseguia mais comprar uma boa quantidade de mercadorias. Além disso, alguns clientes haviam desaparecido, não retornando sequer para quitar as dívidas anotadas no caderninho.

À noite, deitada no colchão ao lado de Diego, Luiza ouvia as conversas entre o pai e a mãe que aconteciam na cozinha. Chico dizia que não conseguia mais dormir direito, pois a situação estava fora de controle e em breve faltaria comida em sua mesa.

Com o passar dos dias, as informações sobre a situação da mina revelavam não serem apenas boatos. Moisés, que mais um dia trazia em seu caminhão algumas poucas encomendas para Chico, contou-lhe o que ouviu de um funcionário da mineradora, para quem deu carona. Em uma reunião ocorrida naquela manhã, os funcionários foram informados de que a empresa "não andava bem das pernas". Para piorar, as reservas de ferro estavam se esgotando, e um plano de demissões e fechamento da mina estava sendo preparado para os próximos meses.

Num país que passava por uma crise econômica intensificada desde o início dos anos 80, com hiperinflação, trocas de moeda e planos econômicos frustrados, não seria surpreendente que isso realmente acontecesse. A população de Grota estava abalada com a notícia que se espalhava de boca em boca.

O final do ano de 1992 não seria de festa no país, especialmente na cidade de Grota. No cenário político, após anos sem poder escolher seu presidente por voto, os brasileiros depositaram suas esperanças no jovem candidato à presidência, Fernando Collor. O galã, eleito com o voto maciço das mulheres, assumiu como o 32º presidente da República do Brasil. Com a promessa de acabar com a inflação e estabilizar a economia, acabou aumentando a hiperinflação e confiscou dinheiro e recursos da nação.

O Plano Collor instituído pelo governo nos anos 90 fracassou e frustrou os brasileiros. O tiro saiu pela culatra, resultando no fechamento de empresas e no aumento do desemprego.

Após um governo problemático e envolvido em escândalos, Fernando Collor renunciou após sofrer um processo de *impeachment*. Com a saída do presidente, seu vice Itamar

Franco assumiu, e diante das telas da TV, a população assistiu boquiaberta ao anúncio de que uma possível mudança de moeda estava por vir.

O que a população grotense temia realmente aconteceu, e em janeiro de 1993, foi anunciado o fechamento completo da mina. Nos dias seguintes ao triste anúncio, Chico percebeu o movimento em sua venda cair drasticamente. Diante dessa situação, só restava à esperança.

Em busca de novas oportunidades

Francisco não vê outra opção e, em busca de um futuro melhor para seus filhos, vende sua pequena propriedade e juntos partem rumo à cidade de Jundiaí, no interior de São Paulo. Por anos, ouviu dizer que havia muitas oportunidades de emprego ali. Conhecidos mencionavam que o filho de fulano ou ciclano estava bem de vida na cidade, e até mesmo Terezinha, irmã mais velha de seu fiel amigo caminhoneiro, havia seguido o mesmo destino e contado ao irmão sobre as oportunidades que o lugar oferecia.

Foi uma viagem longa e demorada a bordo do pequeno caminhão, dirigido por Moisés. O motorista, entre trancos, pitava seu cigarro e desviava dos buracos na estrada, deixando para trás a pequena cidade de Grota. Chico permaneceu ao lado do amigo em silêncio quase toda a viagem. Na pequena caçamba do caminhão, entre sacos de roupas, poucos móveis e muitos sonhos, o restante da família se acomodava. Maria, sentada sobre um saco de roupas, enquanto embalava Cristiana que dormia, observava Diego e Luiza próximos à boleia, rindo enquanto tentavam se equilibrar e permanecerem sentados a cada balanço do caminhão.

Luiza deixou o irmão e sentou-se ao lado da mãe, colocando as pernas da caçula em seu colo. Maria parou por um instante, observando sua pequena companheira com o olhar fixo na estrada que ficava para trás. Luiza não dizia uma palavra sequer; seus grandes olhos amendoados, ora verdes, ora azuis, não piscavam, e seus cabelos cacheados balançavam com o vento. Aqueles fios que, ao mesmo tempo, tocavam e acariciavam o rosto de Maria, também enxugavam as lágrimas que ela tentava conter.

Na boleia, Francisco dividia-se entre longos períodos de silêncio e soltar grunhidos em resposta às tentativas de conversa de Moisés. Ele passava boa parte do tempo com o rosto virado para a janela, e o silêncio era quebrado ocasionalmente por uma nova investida ou piada do amigo que tentava, sem sucesso, levantar o ânimo de seu velho companheiro.

Moisés, que havia concordado em receber somente o pagamento do combustível pelo frete, planejava aproveitar a viagem para visitar sua irmã Terezinha e fazer uma visita à sua caçula Simone. A menina havia se mudado para a casa da tia naquela cidade devido à melhor acessibilidade ao tratamento para seus problemas respiratórios.

A longa e cansativa viagem parecia estar chegando ao fim, após o velho caminhão percorrer longas rodovias asfaltadas e chegar a uma cidade com ares de modernidade. Havia alguns prédios, algo que não se via em Grota, e uma quantidade considerável de carros e ônibus circulando, o que fez com que o semblante de todos melhorasse. Luiza, vez ou outra, quebrava o silêncio que se instalara, apontando tudo o que via. Seus olhos pareciam sorrir naquele pequeno rosto vermelho de poeira.

A construção de um novo lar

A imagem que se apresentava aos olhos da família causava um misto de esperança e medo. Chico sentia um frio na barriga e um nó na garganta, como um menino sozinho caminhando à noite em uma rua escura. Maria, tão preocupada quanto o marido com o que os esperava, segurava a pequena Cristiana, que dormia em seu colo. Enquanto tentava desviar os pensamentos, ela observava Luiza e Diego se divertindo com os solavancos do caminhão.

Ajoelhados e abraçados, os irmãos estavam admirados com a quantidade de veículos que passavam por eles, todos lotados de passageiros. Tudo era muito diferente e pouco lembrava a pequena cidade de Grota que deixaram para trás.

O velho caminhão percorria as ruas asfaltadas, passando por grandes construções e fábricas que deixavam no ar um odor característico na entrada da cidade. À medida que se aproximavam do destino, já em ruas de terra, poucos veículos circulavam e, ocasionalmente, alguns ônibus levantavam uma densa poeira vermelha ao passar por eles.

Maria, que àquela altura cochilava, abriu os olhos assustada quando o caminhão parou. Virou-se e olhou pelo vidro, vendo Chico abrir a porta e logo estar ao seu lado com a notícia de que haviam chegado ao destino. Pararam em uma subida em frente a uma pequena igreja, ao lado da qual havia uma viela comprida que parecia sumir após uma leve curva à esquerda.

Chico pediu à mulher que aguardasse ali com as crianças no caminhão, enquanto ele entrava na viela na companhia de seu amigo. Após pouco tempo, voltaram em um vai e vem que duraria mais ou menos uma hora, descarregando primeiramente as tábuas e madeiras que trouxeram com a mobília.

A geladeira, que havia sido a primeira a subir no caminhão, encostada no surrado colchão do casal, foi a última a ser descarregada. Moisés, após se certificar de que o veículo estava devidamente fechado e seguro, foi ao encontro de Chico, que ao lado da geladeira, aguardava sua ajuda.

Maria, que assistiu ao descarregar dos móveis, sentada em uma trouxa de roupas, levantou-se assim que Chico retornou. Colocou o peso sobre a cabeça e seguiu pelo estreito corredor acompanhando o marido que, ao lado de Luiza e Diego, carregava a caçula no colo. Após chegarem ao fundo da viela, alguns passos depois da curva, pararam em frente a um pequeno lote onde era possível ver apenas o conteúdo que viera na caçamba do caminhão. Sobre o chão de terra, ainda seria necessário levantar o teto que cobriria as suas cabeças.

Eram três horas da tarde, o sol estava escaldante, Chico e Moisés não perdiam tempo e colocavam em pé as vigas de madeira que sustentariam o telhado e as paredes de madeirite do novo lar.

Ao cair da noite, a área que seria a cozinha já estava coberta e devidamente fechada. Uma fiação puxada da casa vizinha alimentava a lâmpada pendurada no centro do cômodo que, naquela noite, abrigaria a família e protegeria seus pertences. Às onze horas, após comerem uma galinhada feita em um fogareiro improvisado, Moisés se despedia ansioso para se encontrar com a sua filha, que estava com a tia em um bairro próximo dali. Somente após pernoitar, matar a saudade da caçulinha de apenas três anos e colocar o papo em dia com a irmã, Moisés "botaria o pé" na estrada e partiria novamente para a cidade de Grota, da qual ainda pertencia.

Naquela primeira noite na nova cidade, deitados sobre os colchões no canto do novo cômodo, apenas as crianças dormiam. Maria e Chico mal conseguiam pregar os olhos.

Logo cedo, antes do dia clarear, Chico já estava de pé pregando as madeiras do que seria o quarto dos filhos. Ele esperava que, ao final do dia, o quarto do casal e o banheiro também estivessem prontos.

No terceiro dia, a nova morada já tinha tomado forma. Coberta com telhas e fechada com madeiras, o novo lar contava com uma cozinha, um banheiro e dois quartos, nos quais Chico orgulhosamente começava a cobrir o piso com um cimento queimado vermelho, uma mistura de areia, cimento, água e um pigmento em pó. Dias depois, aquele piso se tornaria a diversão da molecada, que manchava as roupas de vermelho ao escorregar no chão recém-encerado pela mãe.

Um mês após a chegada à nova cidade, a família já estava bem instalada. Luiza frequentava a escola próxima. Diego estava empolgado, pois também iniciava os primeiros traços na primeira série. Francisco, que por dias a fio saiu de casa apenas com a fé, a coragem e a carteira profissional em mãos, finalmente teve sucesso em sua empreitada. Após horas em filas nas portas de algumas empresas, chegava em casa feliz, abraçando a família e mostrando com orgulho uma pequena lata vermelha com o desenho de um elefantinho verde. Era como um troféu que exibia à família, pois nas suas mãos tinha uma embalagem de molho de tomate produzida pela empresa na qual, a partir daquele dia, ele passava a fazer parte do quadro de funcionários.

O encanto do Solar do Barão

Três anos se passaram rapidamente. A pequena Cristiana, assim como Luiza, era muito inteligente e arteira. Por vezes, fazia questão de reunir toda a família para compartilhar seu dia e suas novas descobertas na pré-escola.

Diego cursava a terceira série e era o artilheiro do time da sala. Como nos anos anteriores, iniciava o ano letivo ansiando pelas aulas de educação física e pelos jogos interclasses que encerrariam o ano escolar.

Luiza estava mais do que feliz. Já cursava o segundo bimestre do primeiro ano do ensino médio no Colégio Conde de Parnaíba, uma escola criada em 1906 e situada no centro da cidade. O colégio funcionava em uma construção que mais lembrava um palacete, composta por dois pavimentos e 12 salas de aula, onde a menina passeava, admirando o lindo prédio em estilo neobarroco. Aos 15 anos, Luiza tinha se transformado em uma bela moça que atraía os olhares dos garotos enquanto percorria os corredores do antigo colégio industrial.

Luiza acordava cedo e dirigia-se à casa da Dona Carminha, onde realizava tarefas domésticas até o final da manhã. Almoçava ali mesmo com a patroa e depois embarcava no ônibus com destino ao centro da cidade, para mais um dia de aula. O salário pago pela "patroinha", como ela carinhosamente a chamava, não era muito, mas era suficiente para alguns caprichos. O suado dinheirinho era utilizado para comprar roupas, guloseimas e ocasionalmente aproveitar as badaladas noites no Clube do Grêmio, onde os alunos do ensino médio se reuniam para flertar e dançar.

Sempre que saía mais cedo da escola, devido à falta de algum professor, Luiza comprava um picolé com o Sr. Júlio, que todos os dias estava próximo ao portão, e percorria a Rua Barão de Jundiaí, observando as vitrines das lojas. Chegava até a praça e sentava-se em qualquer banco vago em frente à catedral, observando o movimento das pessoas. Após um tempo, levantava-se para mais um passeio ao Solar do Barão. Passava horas dentro daquela antiga construção que, de alguma forma, trazia lembranças saudosas de sua infância em Minas Gerais.

O Solar do Barão, construído em 1862, no antigo império, foi propriedade da poderosa família Queiroz Telles, parte da aristocracia cafeeira e canavieira do estado de São Paulo. A mando de Antônio de Queiroz Telles, o Conde de Parnaíba e primeiro Barão de Jundiaí, a construção feita em taipa de pilão, com sua grande fachada ostentando dez grandes janelas, era sempre um convite irrecusável para a menina, que adorava passear pelos cômodos e jardins do local.

Luiza subia os degraus da entrada principal e percorria os grandes quartos e salas de tetos cuidadosamente decorados, até chegar ao jardim. Ali, sentada em algum banco, costumava aproveitar o silêncio para suas leituras ou para viajar nas histórias de que o próprio imperador Dom Pedro II havia frequentado aquele lugar durante uma visita à cidade. ✳

O encontro

Certo dia, na praça, um garoto vestindo um boné e carregando um skate sob o braço aproximou-se e sentou ao lado de Luiza. Ela já o havia visto anteriormente na escola; inclusive, achou ótimo quando a diretora o pegou andando de skate pelos corredores e o levou para a diretoria. Apesar de bonito e charmoso, ele não era o tipo de menino que lhe chamava a atenção. Era descolado e, por vezes, estava envolvido em confusões. Como todo bom encrenqueiro, atraía garotas e sempre estava rodeado delas, o que fazia Luiza se perguntar o que elas viam nele.

O garoto permaneceu ali, sentado ao seu lado esquerdo, folgadamente com as pernas esticadas e o cotovelo apoiado no encosto do banco. Luiza fingia não percebê-lo, mas olhou em sua direção quando ele lhe tocou levemente com o cotovelo no ombro. Em seguida, ficou surpresa quando ouviu o garoto chamá-la pelo nome. Por um instante, seus olhares se cruzaram, parecendo uma eternidade. O garoto não perdeu tempo e logo se apresentou como Thiago.

O tempo passou rapidamente enquanto eles estavam sentados em frente ao Solar. Luiza estava confortável e, sem perceber, já tinha as pernas cruzadas e o tronco voltado na direção do menino. Ele, com os braços esticados, acariciava levemente suas costas com a ponta dos dedos. O desleixado galanteador lhe confidenciou que a observava há bastante tempo.

Apesar das aparentes diferenças, eles tinham muitos pontos em comum, o que deixou Luiza surpresa e animada. Aos 15 anos, era a primeira vez que ela considerava a possibilidade de compartilhar sua vida com alguém.

Luiza não perdeu tempo e logo convidou Thiago para acompanhá-la em seu tour diário. Após passearem pelos cômodos do Solar que ela tanto gostava, despediram-se. Naquela noite, Luiza mal conseguiu dormir. Sua mente revisava incessantemente cada palavra trocada com aquele belo garoto, que escondia seus cabelos lisos embaixo de um boné vermelho enquanto sua aba sombreava um lindo par de olhos amendoados cor de mel. Estudiosa, a jovem agora tinha um motivo a mais para querer ir à escola.

Um encontro marcado

No dia seguinte, como de costume, Luiza cruzou o portão da escola e dirigia-se diretamente para a sala de aula. O caminho até a sala mais parecia o percurso de uma maratona de São Silvestre. Ela não conseguia sequer olhar para os lados. Seu coração acelerava cada vez mais à medida que pensava na possibilidade de cruzar com Thiago. Caso isso acontecesse, não saberia como agir; portanto, seria melhor evitar.

Mesmo olhando apenas para os próprios pés, que davam passos firmes, porém inseguros, ela não esbarrou em ninguém.

Suspirou aliviada quando se viu sentada em sua carteira, mas ainda sentia um leve frio na barriga ao pensar nas inúmeras coisas que ainda poderiam acontecer naquele dia.

Mal ajeitara a mochila no encosto da cadeira quando ouviu alguém chamá-la pelo nome. Olhou em direção à porta e viu Thiago encostado ao batente. Além de um "oi" seguido por uma piscadela, o rapaz perguntou se a veria no intervalo. Com o coração subindo pela garganta e um tremor inevitável nas pernas, ela apenas assentiu com a cabeça, tentando esconder ao máximo o sorriso que teimava em aparecer no canto de sua boca. Suas amigas, que se amontoavam sobre sua carteira com olhares desconfiados, anunciavam em meio a gritinhos agudos que a menina estava namorando, o que de nada lhe ajudou.

Dias depois, o casal recém-formado parecia inseparável. Thiago passou então a ser o fiel companheiro nos momentos na praça e também nos frequentes passeios pelo Solar do Barão.

Diariamente, antes do sinal que indicava o fim de mais um dia de aula, o garoto arranjava um jeito de sair da sua sala. Esquivando-se da temida inspetora de alunos, Ivone, ele dirigia-se à sala da moça. Esperava até vê-la atravessar a porta, momento em que a abraçava e lhe dava um breve beijo. Tudo isso era feito de forma discreta, evitando ser visto pela diretora ou por qualquer outro funcionário da escola.

Com o skate embaixo de um braço e a sua pequena envolvida sob o outro, Thiago acompanhava Luiza pela Rua Barão até chegarem à praça. Lá, eles quase sempre desfrutavam de um delicioso "ituzão", uma espécie de sorvete maior do que os picolés comuns.

*

Entre fé e curiosidade: A Catedral revelada

Thiago, de família muito religiosa, era um assíduo frequentador das missas católicas e visitante frequente da Catedral central, a mesma igreja ao lado do Solar que Luiza, apesar de sentar em frente diariamente, somente observava os fiéis que ali entravam e saíam. Certo dia, Thiago tentava convencer a namorada a entrar naquele templo. Relutante, Luiza, que não era muito religiosa, aceitou o convite, pois tinha curiosidade sobre o local.

A imponente Catedral, construída em estilo neogótico entre os anos de 1649 e 1651 — quando a cidade ainda era conhecida como Vila de Parnahyba — foi dedicada à Virgem Maria e marcou o início do reconhecimento do povoado de Jundiaí.

Luiza, abraçada ao namorado, caminhava encantada pelo interior daquele lugar calmo e silencioso que lhe inspirava paz e, ao mesmo tempo, lhe parecia um pouco intimidador. Não imaginava que o vitral sobre a entrada central tinha cores tão vibrantes que, iluminado pelos raios do sol, parecia ganhar vida quando visto pelo lado de dentro. Os fiéis que ali entravam naturalmente faziam gestos em determinados locais, o que por vezes a faziam sentir-se como uma intrusa naquele ambiente. Apesar de ter sido batizada na igreja católica, após a cerimônia, Luiza nunca mais frequentou, conheceu ou participou de qualquer outro rito daquela religião.

Ao lado do namorado, que engraçadamente tentava imitar o seu professor de História, a menina recebia novas e interessantes informações sobre aquela igreja. Luiza se perguntava por que nunca havia entrado ali. Talvez, pensava ela, porque antes precisasse conhecer Thiago e, apaixonada, se consolava admirando o namorado.

Cada nova informação deixava Luiza de queixo caído, especialmente ao descobrir que a imagem à sua frente do Cristo crucificado — na capela do Santíssimo, onde testemunhava inúmeras pessoas realizando gestos de reverência — fora trazida da França em 1879 por Antônio de Queiroz Telles. Esse homem, além de emprestar seu nome à escola em que ela estudava e ser o responsável pela construção do Solar do Barão, trouxe também da França os sinos que ecoavam naquela igreja a cada hora, bem como o imponente órgão de tubos Cavaille-Coll, que durante anos preencheu aquele espaço com magníficas músicas sacras.

A nova mercearia

Era o final do ano de 1997, e a família havia se adaptado muito bem à nova cidade. Chico estava especialmente feliz, pois acabara de deixar a empresa que o acolhera e voltava a fazer o que realmente gostava. Ele conseguira alugar um pequeno salão na rua principal, onde as letras pintadas de vermelho com bordas azuis destacavam os seguintes dizeres: "Mercearia do Francisco".

Diego passava as tardes auxiliando o pai. Chegava da escola, almoçava e seguia rumo ao comércio, balançando uma sacolinha de plástico. Na sacola, o menino levava para o pai uma marmita quentinha, envolvida cuidadosamente por um pano de prato que sua mãe preparava diariamente com todo o capricho. Chico almoçava ali mesmo, atrás do balcão, observando Diego, que ora arrumava as verduras na banquinha de madeira, ora atendia e dava troco aos clientes.

Cristiana estava iniciando a pré-escola. Quando não estava entretida com seus rabiscos, auxiliava a mãe nos afazeres da casa. A menina era muito apegada a Maria, o que às vezes despertava um pouco de ciúmes em Chico.

Luiza, que quando era pequena não desgrudava do pai, àquela altura, como Chico dizia, "só estava em casa de passagem". Saía de manhã e voltava somente à noite. O que o pai ouvia da menina era somente o sagrado "a bênção, pai", quando se esbarravam na cozinha de manhã, antes dela ir à escola, ou à noite quando a menina chegava do trabalho.

✳

O pedido de aprovação

Chico, após um longo dia de trabalho, estava sentado à mesa jantando quando ouviu Luiza pedindo-lhe bênção. Aquele "a bênção, pai" soou diferente dos outros dias. Luiza sentou-se ao lado do pai e ficou ali por um tempo, sem abrir a boca. Chico, entre as garfadas, desviava o olhar e observava sua moça. Com a cabeça abaixada, ela brincava com a toalha da mesa, fazendo rolinhos com a ponta do tecido que pendia em seu colo. O pai bem conhecia aquele comportamento da filha. Desde que era pequenininha, sempre que aqueles dedinhos ficavam tão inquietos, era sinal de que sua menina queria lhe contar algo ou aprontara alguma coisa.

Assim que terminou a refeição, Chico se aproximou da filha, deu-lhe um beijo na cabeça e foi direto ao ponto, pedindo que ela lhe contasse o que a incomodava. Da mesma forma, Luiza olhou diretamente nos olhos do pai e, sem hesitar, contou a novidade: já estava namorando há pouco mais de um ano e gostaria que o pai conhecesse o rapaz.

Chico quase caiu para trás, levantou-se, pegou uma xícara e a encheu de café. Ficou ali por um tempo apoiado na pia da cozinha, desapontado, não pelo fato de sua primogênita estar namorando, mas sim por ter demorado tanto tempo para compartilhar a novidade.

Após tomar toda a bebida, virou-se e perguntou à moça quando conheceria o genro. A reação de Chico havia sido muito melhor do que Luiza esperava, e combinaram que Thiago iria conhecer a família naquela mesma semana, no almoço de domingo.

Terminada a conversa, Chico deu um beijo na menina, que ainda surpresa, explodia de felicidade, e foi em direção ao quarto onde estava Maria. Da cozinha, Luiza podia ouvir o pai conversando com a mãe a respeito de como seria o tal rapaz.

Sonhos compartilhados

A família estava toda reunida à mesa, aguardando o retorno de Luiza, que havia saído para receber o namorado no ponto de ônibus próximo à entrada da viela. Não demorou muito e ouviram o ranger da tramela que fechava o portão de madeira. Pouco depois, o casal entrou pela porta da cozinha. Luiza, sorrindo, segurava a mão do namorado, que naquele dia deixou o boné de lado e estava com os cabelos cuidadosamente penteados. O jovem usava uma camiseta azul de botões, uma calça larga e um par de tênis que parecia ser maior do que seus pés.

Thiago sentou-se à mesa sob os olhares curiosos da família. Chico tratou de iniciar o interrogatório com algumas perguntas que todo bom pai faz: "Onde mora? Quem são seus pais? Você trabalha? Vai bem na escola? Quais são suas intenções com minha filha?" E assim, os primeiros momentos foram um pouco tensos para o jovem pretendente.

Após a sobremesa, uma mousse de maracujá que Maria preparou especialmente para a ocasião, o clima já estava mais descontraído. Risadas misturavam-se ao som do violão, preenchendo o ambiente da cozinha. Thiago, que pegou o instrumento que estava pendurado na parede, tocava "O Menino da Porteira" — música do grande compositor itapetingano Teddy Vieira — ao lado de um Chico que não conseguia disfarçar sua expressão de surpresa. Quem diria? Aquele moleque desajeitado que andava de skate não somente gostava, mas também tocava muito bem música caipira. Se a intenção dele era conquistar o sogro, havia conseguido com sucesso.

Apesar de tudo, Chico pensava que aquilo entre a filha e o garoto era apenas um "fogo de palha" que se apagaria em pouco tempo. Não acreditava que aquele relacionamento fosse realmente adiante, mesmo com o passar do tempo e a presença cada vez mais constante do rapaz na casa da família. Nem mesmo quando Luiza reservou um cantinho no quarto para acumular seu enxoval de casamento, Chico botou muita fé.

A menina guardava com cuidado tudo o que comprava ou ganhava. Eram uma infinidade de potes, panelas, roupas de cama, entre outras coisas que em breve seriam utilizadas em sua futura casa. Ela já tinha em mente onde cada item ficaria no cantinho que ainda somente existia em seus sonhos e que, em breve, dividiria com o amor de sua vida, Thiago.

O ano novo e o começo de uma vida nova

O noivado do casal ocorreu no mês seguinte, naquele novembro de 1999, na presença dos pais e irmãos dos noivos. Os detalhes sobre o casamento foram discutidos ali mesmo à mesa, após a troca das alianças. A cerimônia de união do casal foi marcada para dezembro. O último mês daquele ano foi escolhido por Thiago, que estava com pressa. Brincando, ele dizia precisar se casar antes do suposto fim do mundo, devido às profecias apocalípticas daquela época e ao temido bug do milênio.

A virada do milênio era envolta em incertezas, com profecias catastróficas circulando. Desastres globais eram previstos para os últimos meses do ano e a virada do milênio. À meia-noite, temia-se uma chuva de aviões caindo dos céus, cidades mergulhando na escuridão devido a problemas em usinas de energia, explosões de mísseis nucleares e interrupção de sistemas dependentes de computadores, levando ao colapso da civilização.

O jovem casal oficializou sua união no dia 15 daquele mês, em uma cerimônia simples em um cartório no centro da cidade. O evento foi seguido por um almoço, reunindo as duas famílias na chácara dos pais do noivo.

Felizmente, as profecias de Nostradamus, Paco Rabanne e outros não se concretizaram. A virada do milênio foi celebrada com muita festa e votos de um novo ano repleto de paz e alegria, especialmente para Luiza e Thiago. Os temidos anos 2000 marcaram uma nova fase na vida do casal, que realizou o sonho de adquirir um apartamento. Com suas economias e a valiosa ajuda dos pais de Thiago, eles entraram em seu novo lar, como marido e mulher, no último dia de janeiro daquele ano novo.

Um dia de cuidado e descanso

Luiza, como em todos os outros dias, sai logo cedo da cama, corre para o banheiro antes que Thiago acorde, se arruma e vai preparar o café do casal, que todos os dias tomavam juntos antes de saírem para mais um dia de trabalho.

Thiago, ao entrar na cozinha, sente falta daquele cheirinho da bebida que perfumava o ambiente todas as manhãs. Ele viu Luiza sentada na ponta da mesa, como quem cochila, com a cabeça sobre os braços apoiados na mesa. Ficou preocupado, pois sua esposa, assim como a sogra, era muito ativa e animada ao acordar. Aproximou-se dela, deu-lhe um abraço e perguntou o que estava acontecendo. Luiza, ainda sonolenta, disse estar indisposta e pediu que a acompanhasse até o banheiro. Ela mencionou estar se sentindo cansada, com dores e sensação de barriga inchada. Thiago, preocupado, achou melhor levá-la ao hospital, mas Luiza o convenceu de que não era necessário. Aquele mal-estar certamente devia-se ao fato de, no dia anterior, ela ter exagerado e comido três fatias do bolo confeitado preparado pela mãe para o décimo aniversário de sua irmã caçula. Ela pensou que o bolo com cobertura de chantilly de um rosa tão atrativo não lhe caíra bem.

Curvada e com as mãos apoiadas nos joelhos, em frente ao vaso sanitário, Luiza vomitava tudo o que restava do jantar da noite anterior, enquanto Thiago, preocupado, ajeitava seus cachos que insistiam em ir em direção ao jato que saía de sua boca.

Luiza não se sentia disposta a enfrentar mais um dia de trabalho e decidiu que não iria à padaria naquele dia. Thiago, preocupado, resolveu que ficaria em casa fazendo-lhe companhia, pois a esposa, que há anos trabalhava com o Sr. Pedro, nunca havia faltado sequer um dia de serviço, e ela realmente não parecia bem. No entanto, contrariado, saiu para trabalhar. Luiza o convencera de que não era preciso que ele também perdesse um dia de trabalho e que ela só precisava de um dia de descanso. Assegurou-lhe que tudo ficaria bem.

✳

Uma surpresa inesperada

Luiza voltou para a cama na esperança de que aquele mal-estar logo passasse. Deitada de lado, olhando para a parede, jurou para si mesma que nunca mais colocaria sequer um pedacinho de bolo em sua boca. Só de pensar, seu estômago embrulhava. Perto do meio-dia, decidiu que se levantaria e, como se sentia um pouco melhor, aproveitaria o tempo para fazer uma faxina na cozinha e, depois disso, adiantar o preparo do jantar.

De pé, em frente ao guarda-roupa com grandes espelhos nas portas, Luiza notou algo que chamou sua atenção. Uma sensação estranha ao roçar da camisola em seus mamilos, que de alguma forma também estavam um pouco diferentes. Pensou: Será? Sentou-se na borda da cama e lembrou-se de que sua menstruação já estava atrasada há duas semanas. Mais do que depressa, estava pronta e descendo apressadamente a escadaria do prédio. A ansiedade era tamanha que, em poucos minutos, estava subindo os degraus de volta, com um teste de gravidez que comprara na farmácia do outro lado da rua.

Sentada no vaso sanitário, com uma dor de barriga intensa e o coração batendo na garganta, lia e relia as orientações que vieram junto ao teste, o qual indicava positivo nas pequenas listras que apareceram. O dia demorava a passar e a cabeça de Luiza fervilhava em pensamentos.

Às sete e meia da noite, seu esposo voltou do trabalho. Ela preferiu não lhe dizer nada, pois, no dia seguinte, a caminho do serviço, compraria outro teste para confirmar o que o primeiro indicara. Até mesmo o cheiro do perfume do seu amado já não era tão agradável, fazendo o conteúdo do seu estômago querer subir pela garganta.

No dia seguinte, como de costume, Luiza chegou à padaria meia hora mais cedo. Gostava de ter um tempo para se arrumar e folhear o jornal antes do mesmo ir para as mãos de seu patrão. Ler as tirinhas coloridas e resolver algumas cruzadinhas era para ela a melhor forma de começar o dia. No entanto, aquele era um dia diferente. Luiza nem sequer tocou no jornal. O Sr. Pedro deve ter estranhado, pois fazia tempo que não via o seu jornal completo. A parte ilustrada que a moça sempre retirava do impresso ainda estava ali. Se não conhecesse o diário e o hábito de sua funcionária, certamente pensaria que a editora acrescentara um novo caderno na edição do dia.

Assim que chegou ao estabelecimento, Luiza foi direto ao banheiro. Colheu cuidadosamente um pouco daquele líquido amarelado que continha uma informação que certamente mudaria sua vida. Os segundos que antecederam o aparecimento das temidas listras no segundo teste pareceram uma eternidade. O coração parecia querer pular para fora do peito ao ver que aquele exame trazia a mesma informação que o anterior. Em sua cabeça, havia muitas perguntas. Ela questionava consigo mesma se o havia feito corretamente ou se deveria esperar um tempo a mais. As orientações da embalagem eram claras. Novamente, o teste indicava positivo.

✳

A padaria do Japonês

Estaria a moça, porventura, mergulhada em um sonho? A ficha parecia não ter caído ainda. Quando finalmente despertou para a realidade, notou que já haviam se passado dez minutos além do horário em que deveria assumir o balcão e atender os clientes, que nesse momento, mostravam-se impacientes com a serenidade do Sr. Pedro. Ele, em seu ritmo habitual, preparava alguns lanches e ainda providenciava troco no caixa.

Luiza passou discretamente por trás do patrão, tentando disfarçar a tensão, e tomou seu lugar na chapa quente. Pedro apenas lhe entregou a espátula que tinha em mãos e se afastou, sentando-se no caixa com uma expressão desconfiada, mantendo seu olhar fixo na funcionária que, além de atrasada, havia faltado no dia anterior.

Pedro não disse nada. Tinha a típica calma oriental e não era de falar muito. Na maior parte do tempo, somente assentia com a cabeça e sorria com os olhos, que de tão puxados, pareciam estar o tempo todo semicerrados.

A 'Padaria do Japonês', apelidada carinhosamente pelos clientes, ocupava o mesmo ponto há 23 anos e era frequentada assiduamente pelos trabalhadores que desciam dos ônibus diariamente no centro e passavam por ali.

Já fazia três anos que Luiza atendia naquele balcão. Ela caiu nas graças do patrão quando, ainda no ensino médio, parou ali para tomar um refrigerante e, sem titubear, pediu um emprego. O salário que Dona Carminha pagava à moça pelos serviços domésticos já não era suficiente, e ela precisava ganhar mais dinheiro para poupar e auxiliar o noivo na conquista do teto que tanto desejavam.

Luiza tinha atitude, e Pedro, que há duas semanas tentava se virar sozinho após a saída de sua última funcionária, de imediato contratou a moça. Não custava tentar. Desde então, Pedro dizia aos mais próximos não ter conseguido uma funcionária, mas sim uma companheira e amiga. De fato, a menina era esforçada e trabalhava como se fosse ela própria a dona do estabelecimento.

A emoção da confirmação

Luiza, ainda descrente, esperava pelo melhor momento para dar a notícia ao marido, que ficou aliviado ao chegar do trabalho e se deparar com sua companheira mais disposta, preparando o jantar.

Na hora de dormir, o casal costumava conversar sobre como havia sido o dia de ambos até pegar no sono. Depois de um tempo de conversa, Luiza pegou algo debaixo de seu travesseiro e entregou nas mãos de Thiago, que segurava o objeto com uma expressão de quem não estava entendendo nada. O rapaz tentava descobrir o motivo do sorriso de canto de boca de sua esposa e, ao mesmo tempo, tentava dar algum significado para aquela misteriosa fita de papel em suas mãos.

Luiza gentilmente segurou-lhe o rosto, puxou-o em sua direção e sussurrou em seu ouvido: 'Parabéns, papai!'

A última vez que Luiza vira o marido comemorando tanto foi quando o Palmeiras conquistou o título da Copa Libertadores da América de 1999. Naquele ano, Luiza, corintiana roxa, assistia com desdém à festa palmeirense, mas agora o sentimento dos dois era o mesmo. O novo pai pulou por todo o quarto até subir novamente na cama e começar a acariciar o ventre de sua amada. Luiza, emocionada, observava o companheiro conversando com sua barriga, que ainda não demonstrava carregar um novo ser.

Passaram um bom tempo discutindo possíveis nomes para o bebê e, antes de adormecerem, combinaram a ida ao médico para o dia seguinte.

Levantaram-se logo cedo. Thiago fez questão de acompanhar sua esposa até o hospital. Finalmente, usufruiriam dos serviços do convênio médico descontado mensalmente de seu salário, que merecidamente recebia de uma importante empresa metalúrgica da cidade. O médico que a atendeu, um senhor atencioso, baixinho, careca e com um volumoso bigode, sugeriu a realização do exame de ultrassom transvaginal, que confirmou a existência daquele serzinho que já estava em desenvolvimento há algumas semanas.

Na tela, sob o olhar clínico do Dr. Miguel, em meio a borrões escuros, destacava-se uma pequena manchinha clara, de aproximadamente um centímetro, que crescia a cada dia. Era tão pequena, mas já causava grandes transformações no corpo da mãe e na vida do casal, que experimentava novas sensações e inquietudes, que somente quem espera por um filho conhece em profundidade.

A espera pela revelação

A arrumação do quarto, que até então abrigava caixas e coisas sem utilidade, foi iniciada logo no dia seguinte. Thiago, ansioso como sempre, já queria pintar todo o quarto de azul. Teria feito isso, não fosse a intervenção de Luiza. Thiago teve que concordar. Apesar de também desejar silenciosamente um menino, a moça utilizou a frase que sempre ouvia de seu pai: 'Não é sábio colocar o carro na frente dos bois'. Afinal, faltavam ainda algumas semanas para descobrir o sexo do bebê.

A nova grávida não imaginava que trazer uma criança ao mundo fosse, como ela dizia, tão penoso. Nos momentos mais difíceis, pensava em sua mãe, que, mais do que nunca, se tornara sua inspiração e a melhor conselheira em sua nova empreitada.

Os peitos que um dia foram motivo de orgulho na adolescência agora a incomodavam. A bexiga parecia estar cheia o tempo todo. Era um entra e sai do banheiro que muitas vezes até a tirava o sono. Ao amanhecer, era comum sentir-se cansada e dizia ter a sensação de ter brigado a noite inteira. Trabalhar na padaria já não era tão fácil. Até o cheirinho de bacon frito na chapeira, que ela tanto gostava, lhe causava náuseas.

O segundo mês de gravidez foi realmente um teste de resistência. Finalmente, estava chegando à 12ª semana. Os sintomas, gradualmente, iam diminuindo e em breve, nos próximos dias, seria possível descobrir o sexo do novo habitante daquele quartinho de paredes brancas, que, como uma tela vazia, ansiava pelo colorido.

A descoberta do pequeno tesouro

Thiago sentia uma tremenda vontade de sair pulando pela pequena sala onde assistiam ao exame de ultrassom, mas se conteve, sentado ali ao lado de Luiza. Enquanto olhava para a tela, Thiago segurava forte a mão esquerda de Luiza que, deitada sobre a maca, sentia o aparelho gelado que o médico deslizava sobre sua barriga.

Tudo começava a fazer mais sentido. A ficha, que como em um orelhão velho, enrosca e só desce após algumas pancadas, parecia ter caído de vez naquele momento. O médico, vez ou outra, parava o aparelho em sua mão, pressionando-o em um ponto específico daquela barriga que começava a denunciar o novo estado de Luiza.

As imagens em preto e branco, ininteligíveis se não fossem explicadas em detalhes pelo médico, demonstravam um feto saudável do tamanho de uma ameixa. Entre as perninhas que se mexiam vigorosamente, para a felicidade do ansioso pai, era notável uma saliência que não passaria despercebida nem mesmo para os leigos.

Dr. Miguel nem precisou falar, somente concordou sorrindo enquanto Thiago olhava para a tela e afirmava: 'É um menino, é um menino!'

Momentos de conexão

Luiza estava radiante. Os enjoos e mal-estar já não faziam mais parte do seu dia a dia; ficaram no passado. A sensação que ela tinha, era de que estava grávida há muito mais tempo do que as 18 semanas que o médico lhe informara na consulta pré-natal do dia anterior. Naquele momento, estava realmente curtindo sua gravidez.

Sentada no sofá, com a TV ligada em um volume baixo para não perturbar o momento, ela permitia que seus pensamentos a levassem a lugares desconhecidos, enquanto acariciava suavemente seu ventre. Sempre que chegava em casa após um longo dia de trabalho, seguia à risca seu querido ritual: um banho quente, a camisola confortável, a TV ligada; então, sentava-se no sofá, esticando as pernas sobre um pufe que ficava bem à sua frente. Muitas vezes, envolvida pela sensação de paz, acabava cochilando, despertando somente ao ouvir a doce voz de seu esposo. Já tinha se acostumado com o novo comportamento do marido, que ao chegar de mais um dia de labuta, cuidadosamente sentava-se ao seu lado, inclinava a cabeça sobre a sua barriga e parecia contar histórias para o herdeiro. Thiago somente interrompia o momento quando sentia os dedos da esposa percorrerem seus cabelos.

A alegria de um nome

Luiza, como de costume, chegou do trabalho e sentou-se no sofá. Ao seu lado esquerdo, colocou uma sacola de mimos e presentes que ganhara de suas amigas. Com carinho, separava algumas peças de roupa, admirando e dobrando alguns 'macacõezinhos' que retirava da sacola, colocando-os cuidadosamente no espaço vazio ao seu lado direito.

Enquanto fazia isso, um pensamento veio à sua mente, fazendo-a soltar uma gargalhada que ecoou pelos cômodos do pequeno apartamento. Ela pensou que, se fosse possível, sua gestação poderia durar a vida toda, pois a última vez que se sentira tão paparicada, fora na sua infância.

Luiza pegou no sono, nem teve tempo de sonhar com algo quando sentiu uma leve pressão em sua barriga. Abriu os olhos e olhou para baixo, esperando ver a mão de Thiago sobre o seu ventre. Estranhou estar sozinha ali. Seu amado ainda não havia chegado. Sentiu novamente aquela pressão, que causava uma notável saliência sob a camisola. Não conteve as lágrimas ao perceber pela primeira vez os movimentos do seu menino.

Mesmo antes de abrir a porta do apartamento, Thiago sentiu o delicioso cheiro de bife acebolado, que tanto gostava. Ao entrar, viu o jantar já na mesa. Luiza o recebeu com um beijo mais demorado do que o de costume. Seu rosto brilhava, estava linda e vestia um belo vestido azul florido, com um laço branco pendendo ao lado da cintura. Nem esperou o marido se sentar para contar as boas novas. O pai imediatamente se pôs de joelhos, com os braços envoltos na amada e a orelha encostada sobre a sua barriga. Embora Luiza narrasse em alguns momentos o que sentia, Thiago não percebia nada, mas contagiado pela alegria da esposa, nada dizia, apenas beijava e acariciava aquela barriga que abrigava seu menino, que por enquanto ainda não tinha um nome.

Sentados à mesa, saboreando o jantar que, naquela altura, já não estava na temperatura ideal, concordaram com a sugestão da mãe. O menino atenderia pelo nome de Théo. ✳

Os movimentos de Théo

Com o passar dos dias e semanas, os movimentos de Théo se tornavam mais enérgicos. Thiago, ao chegar do trabalho, só se levantava do sofá onde Luiza descansava, quando sentia algum movimento do menino em suas mãos. Talvez pensasse que o menino só se mexia quando se sentia incomodado com as palpações e o som de sua voz. Somente depois disso, com um sorriso no rosto, dava-se por satisfeito e partia para a cozinha para preparar o jantar. Fazia questão de que Luiza só se levantasse de seu lugar de repouso, quando os pratos e panelas já estivessem à mesa.

Thiago se tornara um marido muito cuidadoso. Mais de uma vez, pediu que Luiza não fosse mais trabalhar. Se pudesse, colocaria uma redoma de vidro ao redor da esposa. Luiza ria com a situação e lhe dizia que trabalharia até onde fosse possível, afinal, a gravidez, como sempre falava, não era uma doença.

O comportamento do marido realmente havia mudado, após acompanhar e assistir ao exame de ultrassom morfológico naquela semana. Observar na tela a imagem do que parecia ser um narizinho arrebitado, perninhas e bracinhos perfeitamente formados, foi muito impactante. A visão do filho que não parava de se mexer por um só segundo, bem como, ouvir o som daquele pequeno coração que batia forte e acelerado, fez desaparecer de sua mente aquele sentimento que muitos pais de primeira viagem experimentam: uma sensação estranha quando alguém os chama de pai ou lhes perguntam sobre seu filho. Ele não entendia por que se sentia tão constrangido com aquele título. Mas ao ver e ouvir o coração do pequeno, convenceu-se naquele momento de que tudo era real, que já era mesmo pai e que, mesmo que não pudesse senti-lo em seus braços, ali estava seu filho. A partir daquele instante, um amor incondicional e uma conexão indescritível com a paternidade surgiram em seu coração, trazendo uma sensação de felicidade e realização que ele nunca havia experimentado antes.

Aproximava-se o fim da 28ª semana de gestação. A essa altura, Luiza já não se divertia mais com a ideia de uma gestação que pudesse durar mais tempo do que o normal. Os dias não eram fáceis. Tinha a sensação de ter engolido um saco de arroz inteiro, que lhe causava um peso intenso no fundo de sua barriga. Já não sabia o que era ter uma boa noite de sono. Mal deitava na cama e logo estava correndo novamente para o banheiro. Quando não era acordada para urinar pela 'bendita bexiga hiperativa', era despertada pelos fortes chutes (só poderiam ser chutes, pensava ela), que vez ou outra também empurravam com tanta força, que ela jurava para um marido descrente, que era possível até perceber a impressão de um pequeno pé sob sua pele. Alguns desses movimentos pareciam cruzar a barriga de um lado a outro e eram sempre acompanhados de uma forte azia e também falta de ar.

Um momento de angústia

Era a manhã do dia 20 de janeiro de 2002. Luiza acabara de descer as escadas de seu prédio em direção à rua para mais um dia de trabalho. Antes mesmo de cruzar a portaria, sentiu uma forte dor que lhe tirou as forças. A barriga estava dura como uma rocha. Tinha também a sensação de algo escorrendo por entre as pernas, o que a fez gritar pelo nome do Sr. Luiz, o simpático porteiro, que diariamente fazia questão de recebê-la com um caloroso 'bom dia', enquanto corria para abrir a porta.

Já no interior da ambulância, a caminho do hospital, Luiza sentia fortes contrações e temia pela vida de seu bebê. A cabeça latejava e, com a vista embaçada, mal podia observar os traços da enfermeira que a acompanhava e tentava acalmá-la, durante o trajeto cheio de solavancos rumo ao hospital.

Ao chegar ao pronto-socorro, foi colocada às pressas sobre uma maca. Com uma pressão arterial muito alta constatada, o médico de plantão administrou-lhe medicamentos anti-hipertensivos. Luiza estava enfrentando, naquele momento, um quadro grave de pré-eclâmpsia, um risco de morte tanto para a mãe quanto para o filho, sendo necessário induzir o parto do bebê.

Luiza acorda e abre os olhos, com a angústia de quem desperta de um sonho ruim. O teto sobre sua cabeça não lembrava em nada o de seu pequeno, mas aconchegante apartamento. As paredes, de um verde-claro, também não lhe eram nem um pouco familiares.

Ela percebe que está em um hospital. Entra em pânico quando coloca a mão sobre sua barriga, que já não apresenta o volume de antes. Faz um esforço para se sentar quando Thiago, que estava ao seu lado direito, desperta de mais uma cochilada. Ele permanecera ali desde o início da manhã, quando chegou com algumas peças de roupa que a sogra havia separado apressadamente, assim que soube que a filha havia dado entrada na maternidade. Thiago tenta acalmá-la. Luiza vê no rosto do companheiro uma mistura de inquietação e satisfação quando ele lhe dá a notícia de que o menino, que nasceu prematuro, estava recebendo cuidados a alguns metros dali, no mesmo andar do prédio, na UTI neonatal.

As palavras do companheiro não pareceram ser suficientes para acalentar a jovem mãe, que, mais uma vez, tenta se levantar, mas é contida pela enfermeira que entra no quarto para medicá-la. Infelizmente, ainda não era o momento para ver seu filho.

A espera angustiante

No dia seguinte ao parto, o almoço foi servido em uma bandeja plástica separada em compartimentos, contendo alguns preparos de consistência pastosa, nada agradável ao paladar de

Luiza. Contrariada, a jovem mãe fez um grande esforço para engolir ao menos metade da refeição, já que a enfermeira de plantão, lhe advertira que ela precisaria restabelecer suas energias antes de conhecer seu menino, que a aguardava próximo dali.

Luiza aguardava angustiada o momento em que a enfermeira a buscaria, como havia prometido. A ansiedade a dominava. A primeira hora que passou após aquela refeição parecia uma eternidade. Ela já havia decidido que, caso ninguém a chamasse, ela mesma atravessaria a porta daquele quarto e, se fosse necessário, colocaria o hospital de ponta-cabeça, pois nada a impediria de ver seu menino ainda naquele dia.

Os ponteiros do relógio acima da porta pareciam não se mover. Decidida, Luiza desceu da maca e calçou os chinelos. Esticou o braço para retirar o frasco de soro que gotejava lentamente de um suporte acima de sua cabeça, quando ouviu a voz grave da enfermeira que a chamava pelo nome.

O encontro na Uti-Neonatal

Luiza não podia caminhar mais rapidamente como desejava, pois não conhecia o caminho que a levaria até seu filho. Além disso, ela estava presa a uma estrutura de ferro com rodinhas, na qual estava suspenso um saquinho com soro, que escorria lentamente por meio de uma longa mangueirinha, terminando em uma agulha fixada em sua mão esquerda.

O coração da jovem palpitava mais forte a cada passo. Sua ansiedade aumentava, assim como seu nervosismo, toda vez que a enfermeira, que ao seu lado a guiava segurando firmemente o suporte do soro, interrompia a caminhada. Elas eram frequentemente paradas no corredor por acompanhantes de outros pacientes que, saíam de seus quartos para expressar suas queixas e dúvidas à profissional, o que só aumentava a aflição da jovem mãe.

Finalmente, a enfermeira se adiantou e começou a caminhar à frente de Luiza assim que dobraram à esquerda no final do corredor. Após alguns passos, pararam em frente a uma porta com uma plaquinha branca na altura dos olhos, onde se lia: 'UTI Neonatal'.

Leãozinho

Assim que a porta foi aberta por sua acompanhante, Luiza sentiu um frio na barriga. Seus olhos percorreram rapidamente aquele ambiente, onde havia uma dúzia de incubadoras alinhadas em fileiras. Entre elas circulavam, e por vezes paravam, alguns enfermeiros para prestar atendimento a um daqueles pequenos seres. O ambiente parecia calmo, apesar dos constantes barulhos, sinais sonoros e ruídos produzidos pelas máquinas posicionadas ao lado de cada leito.

A enfermeira deu uma rápida olhada em uma prancheta que pegou de um suporte de acrílico pendurado na porta. Em seguida, após devolvê-la, conduziu Luiza para o canto esquerdo do quarto, onde ficava a incubadora número 12.

Ao ver seu menino pela primeira vez, Luiza não conteve as lágrimas. Sentia-se feliz e, ao mesmo tempo, impotente e insatisfeita por não poder tocar seu filho, que naquele momento estava protegido por uma barreira de acrílico. Ele era tão pequenino, parecia tão frágil e, ao mesmo tempo, tão forte. O serzinho tinha um corpinho diminuto, mãozinhas perfeitas e pezinhos tão miúdos. A pele fina do rosto permitia visualizar algumas veias. Havia uma pequena peça plástica com duas mangueiras saindo lateralmente, fixada por esparadrapo, em seu narizinho arrebitado, tão parecido com o dela. Um fino tubo ligado a uma das máquinas entrava em sua pequena boca. Apesar do pouco tempo de vida, parecia já um homenzinho. Uma penugem cobreada cobria sua cabeça, estendendo-se até a testa. Seus olhinhos permaneciam fechados sob lindas e arqueadas sobrancelhas.

De tempos em tempos, Luiza entrava em êxtase quando seu "leãozinho" movimentava delicadamente as mãos e os pezinhos. Esse foi o apelido carinhoso que ela deu ao filho assim que o viu. Ao som dos aparelhos, boa parte do tempo que passou ali, Luiza cantarolou "*O Leãozinho*", canção do grande e admirado Caetano Veloso.

"Para desentristecer leãozinho,

O meu coração tão só,

Basta eu encontrar você no caminho..."

Das inúmeras vezes em que cantou essa música ao longo da vida, esse trecho jamais adquiriu tanto significado como naquele momento ao lado de seu filho.

Um pai de primeira viagem

Thiago, ao retornar do almoço, encontrou o leito de sua esposa vazio e logo foi informado por uma enfermeira que Luiza estava naquele momento na UTI Neonatal, com o filho do casal.

Enquanto Luiza estava com seu "leãozinho", Thiago aguardava aflito, sentado na poltrona ao lado do leito em que sua esposa descansava algumas horas antes. Ele nunca se sentira tão sozinho em sua vida como naquele período de interminável espera. Mais meia hora passou, quando Luiza entrou no quarto com um recipiente nas mãos que recebera para fazer a ordenha de leite. Assim que a viu, Thiago foi ao encontro dela e a abraçou, dando-lhe um beijo na testa, como sempre fazia quando percebia que sua amada estava em alguma situação delicada.

Finalmente, parte de sua ansiedade diminuiu, embora ainda não tivesse visto seu filho e as informações que recebera de Luiza fossem muito vagas.

Após alguns minutos de conversa, Thiago saiu do quarto ao lado da esposa para conhecer o filho, acompanhados pela mesma enfermeira que horas antes apresentara o pequeno Théo a Luiza.

A angústia da distância

Thiago sentiu-se mal ao perceber que, diferente do que imaginava, não estava transbordando de alegria ao ver seu filho pela primeira vez. Ali, de pé, em frente à incubadora, o sentimento de impotência era acompanhado de medo e frustração, que ele tentava negar sem sucesso a si mesmo. O novo pai observava o filho, e por mais que tentasse, não conseguia esconder o desconforto e o nervosismo demonstrados pelas mãos que, com os dedos entrelaçados nas costas, moviam os polegares vigorosamente em círculos.

Ao lado da esposa, Thiago ficou em silêncio, parado por alguns minutos. Não conseguia conter as lágrimas que desciam pelo seu rosto ao ver seu primogênito tão pequeno, ligado a tantos aparelhos, inocentemente lutando pela vida. Decidiu, então, não permanecer mais ali e voltou para o quarto, onde passou a maior parte do tempo em silêncio.

Três dias após o nascimento de Théo, Luiza recebeu com preocupação a notícia de que teria alta médica e que ainda não poderia levar o menino para casa.

Nos dias seguintes, Luiza dedicou a maior parte do seu tempo ao hospital, acompanhando de perto o seu filho. Ela chegava pontualmente às seis e meia da manhã e só retornava para casa quando o relógio preto, posicionado acima da porta da UTI Neonatal, marcava sete e meia da noite.

Em casa, ao sentar no sofá da sala, um turbilhão de pensamentos invadia sua mente. Ligava a TV e tentava evitá-los, mas em vão. Só lhe restava deitar ali mesmo, enquanto molhava o pequeno travesseiro que antes somente enfeitava o móvel.

Mesmo quando pegava no sono, Luiza era visitada por imagens de seu filho sozinho naquela pequena incubadora, acompanhado de luzes e barulhos que pareciam não o incomodar. No meio da noite, aflita, acordava e sentava na beira da cama, chorando aos soluços, imaginando seu pequeno filho, indefeso, sendo picado por agulhas, sem ninguém para pegá-lo no colo e acalmá-lo.

O leãozinho de pelúcia

Durante uma de suas idas ao hospital, Luiza avistou, da janela do ônibus em movimento, um pequeno leão de pelúcia na vitrine de uma loja de brinquedos que chamou sua atenção. Se não estivesse tão apreensiva para encontrar seu filho, certamente teria se rendido à vontade de descer do ônibus para comprá-lo.

Assim que chegou ao hospital, dirigiu-se diretamente ao telefone localizado ao lado da recepção e ligou para o trabalho de seu marido. Pediu a Thiago que comprasse o pequeno presente que faria companhia ao menino, fornecendo detalhes sobre o local e as características do brinquedo. Thiago se dirigiu à referida loja logo após o soar do sinal de seu horário de almoço.

À noite, ao abrir a porta do apartamento, Luiza prontamente indagou ao marido sobre o importante objeto. Thiago, que, como de costume àquela hora estava ocupado preparando o jantar, interrompeu suas tarefas na cozinha e foi ao seu encontro. Deu-lhe um beijo e apontou para o sofá, onde o pequeno leão amarelo, com olhos pretos brilhantes e uma juba abundante, reinava e parecia desfrutar do que estava sendo exibido na televisão.

Já haviam se passado dez dias desde que Luiza começara suas idas e vindas ao hospital, e essa foi a primeira vez que ela conseguiu dormir uma noite inteira. Ela o fez abraçada ao brinquedo de pelúcia que, no dia seguinte, levaria ao hospital e presentearia seu filho.

A força da esperança

Théo completava um mês de vida, e Luiza já não se lembrava mais de como era a vida sem aquela rotina diária no hospital. Quase sempre, o cansaço era tão intenso que ela já não se sentia tão incomodada em cochilar na poltrona, ao lado do leito de seu filho. Fechava os olhos apenas para abri-los novamente, assustada com os apitos e alarmes dos aparelhos que davam suporte vital ao menino.

Em casa, as noites de sono igualmente não eram tranquilas. Ela adormecia e logo era despertada pelo inquietante medo de receber alguma ligação durante a madrugada.

Não era fácil sair do hospital comemorando, sabendo que provavelmente seu mundo poderia desmoronar de alguma forma no dia seguinte. Em sua mente, ela já não fazia mais planos para a alta do hospital nem pensava mais no tão esperado chá de bebê. Algumas tarefas restantes para finalizar a decoração do quarto do filho, também foram adiadas para outro momento.

Passados 30 dias, Luiza aceitou que não se podia fazer muita coisa. O que lhe restava era a esperança e a Providência Divina.

Alívio, medo, fé e desespero eram sensações que a jovem mãe vivenciava simultaneamente. Abraçada ao leãozinho de pelúcia, ela observava Théo na incubadora. Desejava intensamente poder tê-lo em seu colo, assim como fazia com aquele brinquedo. Ansiava envolver o filho em seus braços, amamentá-lo e acalmá-lo quando chorava após os frequentes episódios de vômito em reação ao leite. Sonhava com o dia em que atravessaria a porta de vidro da recepção do hospital e apresentaria seu pequeno ao mundo. Seus pensamentos eram intercalados com choro, orações e promessas.

Apesar de tudo, Luiza tinha fé de que tudo daria certo. A vida era tão frágil, mas seu pequeno leão agarrava-se a ela com tanta força que isso a fazia se sentir tão forte quanto ele.

Passados 41 dias de internação, Théo atingiu o tão desejado peso de dois quilos na balança. Luiza vibrou ao ouvir da enfermeira que em breve seu menino teria alta. Os órgãos do filho já estavam mais desenvolvidos, já se alimentava sem sonda e respirava bem sem ajuda dos aparelhos. Ainda seriam necessários mais alguns dias até que o pequeno aprendesse a mamar sozinho no peito.

Todos os dias, Luiza aguardava ansiosamente pelo momento em que seu filho era colocado em seus braços. O pequeno, ao sentir o toque do peito em sua bochecha, virava o rostinho em busca do alimento e gradualmente aprendia a sugar o leite. Luiza apreciava cada segundo daqueles momentos, enquanto acariciava os pequenos cachos que já se apresentavam no topo da cabeça do menino.

*

O dia mais esperado

Para Luiza, o evento mais importante daquele ano de 2002 ocorreu em março, quando Théo finalmente recebeu alta médica. Do lado de fora do hospital, com seu menino nos braços, ela sentia uma imensa gratidão a Deus, e lágrimas de alegria caíam sobre a manta amarela que envolvia o pequeno. Thiago, que havia faltado ao trabalho naquele dia para acompanhá-los, carregava as bolsas até o táxi, que há alguns minutos aguardava em frente à recepção o embarque da família.

No banco traseiro, o casal estava totalmente envolvido com o pequeno Théo, mal notando o cenário que se desenrolava além das janelas do veículo. Só perceberam que haviam chegado ao destino quando o motorista interrompeu o momento, informando o valor da corrida, após estacionar o táxi com cuidado em frente à portaria do endereço da família.

Aquele pequeno apartamento se encheu de vida com a chegada do bebê. Cada nova descoberta de Théo era motivo de muita comemoração. Théo recebia frequentes visitas dos avós e tios, que não resistiam aos encantos do adorável menino. Cristiana, a tia coruja, praticamente se mudara para a casa da irmã. Ela estava sempre por lá, disponível para ajudar com os cuidados do sobrinho, especialmente quando Thiago e Luiza precisavam sair para trabalhar. Théo era um menino super tranquilo, curioso e inteligente, encantando a todos com suas graças e gestos carinhosos. Sempre explorando o mundo ao seu redor, ele arrastava a "titia Cris" por todos os cantos do condomínio em suas brincadeiras de explorador.

O quinto aniversário

Na semana em que completaria cinco anos, Théo demonstrou menos disposição do que o normal para as brincadeiras e passeios que tanto gostava. Por várias vezes, o menino dizia à tia que estava bastante cansado e pedia colo no caminho de volta ao apartamento.

Aumentar a quantidade de feijão no prato do neto foi uma sugestão da vovó Maria, que Luiza, apesar da resistência do menino, logo colocou em prática. Dona Maria desconfiava que o pequeno pudesse estar com anemia.

Naquela mesma semana, a família comemorava o quinto aniversário de Théo. No salão de festas do condomínio, decorado com balões brancos e verdes, havia uma pequena mesa de plástico enfeitada com papel crepom verde e branco sobrepostos. Beijinhos também brancos e verdes rodeavam um grande bolo de dois andares, com a figura do incrível Hulk no centro, o personagem favorito do menino.

Enquanto os adultos comiam, bebiam e conversavam sobre diversos assuntos, Théo se divertia com seus três melhores amigos: Gustavo, Matheus e Davi, todos da mesma idade. Os meninos, sempre que podiam, estavam juntos, e naquele momento também não era diferente. Sentados em um tapete redondo com a figura do poderoso herói verde, que horas antes decorava o centro do quarto do aniversariante, eles dividiam o tempo entre beliscar alguns docinhos, soltar altas gargalhadas e, vez ou outra, perguntar a que horas seria servido o bolo. Estavam bastante ansiosos para os parabéns, para logo em seguida se fartarem com aquela delícia esverdeada.

Quando finalmente chegou o momento, as crianças se levantaram rapidamente e correram até a mesa. Nem perceberam que Théo ainda continuava sobre o tapete.

Conforme combinado, Francisco já havia apagado as luzes do ambiente assim que a velinha com o número cinco foi acesa.

Na sala iluminada pela suave luz da pequena vela, os convidados esperavam em volta da mesa enquanto o ilustre aniversariante se aproximava, sendo cuidadosamente carregado por sua mãe. Um olhar angustiado dominava o rosto de Luiza, pois momentos antes, ela havia testemunhado seu filho tentando se levantar com visível dificuldade. Depois de seus amiguinhos se erguerem, Théo, que estava sentado, virou-se para o lado e adotou uma posição semelhante à de um gato, ajudando-se com as mãos apoiadas nos joelhos para se levantar. Embora Luiza já tivesse visto o filho fazer isso em outras ocasiões, desta vez a maneira como ele se levantou a deixou um tanto preocupada. Ela rapidamente correu em sua direção e o pegou no colo.

Théo não desceu dos braços da mãe nem mesmo para soprar a velinha, e assim passou o restante da festa no colo de Luiza, que já havia decidido levá-lo ao médico para uma consulta, assim que o sol se levantasse no dia seguinte.

A busca por respostas

A demora no atendimento era angustiante para Luiza. Théo passeava entre as cadeiras da recepção e, depois, voltava ao colo da mãe, perguntando repetidamente a que horas iriam embora. O menino ficava ali por alguns minutos e, logo em seguida, voltava a explorar o lugar sob o olhar atento da mãe.

Depois de uma longa espera, finalmente Luiza ouviu alguém chamar o nome do filho. A voz grave saiu de um consultório com a porta entreaberta. Ela levantou-se rapidamente e foi buscar Théo, que estava no canto da sala, entretido brincando com outro garoto. Em poucos segundos, ela estava sentada com o menino no colo, em frente ao médico, que perguntava os motivos para a presença da mãe e do filho ali.

Após expor suas preocupações, Luiza permaneceu aflita, em pé no canto da sala, enquanto observava o médico examinar a sua criança. Vez ou outra, o médico solicitava ao menino, que já estava com cara de entediado, que executasse algum movimento específico.

O médico chamou a atenção da mãe para a forma como o garoto atravessava a sala, andando ligeiramente nas pontas dos pés, e também mencionou o aumento do volume das panturrilhas em ambas as pernas.

Luiza sentiu um arrepio na espinha ao observar o semblante preocupado do jovem médico que, olhando nos seus olhos, disse que o cansaço que Théo vinha sentindo não se devia a um quadro de anemia. Diante dos achados na avaliação, o médico suspeitava de uma possível doença neuromuscular que afetava o sistema nervoso e os músculos do garoto.

Diante dessa suspeita, Luiza saiu do consultório abalada, com uma guia para consulta com um médico especialista. No dia seguinte, ela pegou a estrada com destino a Campinas, a fim de agendar o atendimento para o filho, em um conceituado hospital universitário daquela cidade.

A descoberta dolorosa

Após passar a manhã inteira com o filho em Campinas, Luiza voltava para casa com a sensação de que o mundo havia desabado sobre a sua cabeça. Pelo retrovisor, o taxista não pôde deixar de perceber a agonia daquela mãe, que segurava no colo o menino que adormecera logo após os primeiros balanços do veículo. Apesar de temer parecer invasivo, após parar em um cruzamento, o atento motorista olhou por cima do ombro e perguntou a Luiza se estava tudo bem. Ela, em silêncio, manteve o olhar fixo na janela, como alguém que busca uma resposta, e somente assentiu com a cabeça.

O percurso de 43 quilômetros foi marcado por um silêncio constrangedor para o motorista, que por diversas vezes a observava pelo retrovisor, não convencido pela resposta que recebera da passageira.

Na mente da jovem mãe, o diagnóstico revelado pelo experiente médico e professor, soava como um forte tambor que quando batia, fazia pulsar as veias em suas têmporas. Nunca mais esqueceria aquelas palavras: Síndrome de Duchenne.

Luiza tentava assimilar tudo o que ouvira do doutor, que, pacientemente durante uma hora, lhe explicara, com aquela típica calma e paciência dos grandes mestres, as causas, prognósticos e tratamentos para aquela doença. Desejava estar em um sonho ruim e esperava acordar a qualquer momento, suspirando aliviada. Infelizmente, aquela era a dura realidade.

Como o médico lhe explicara, a doença que acometia seu filho tinha origem genética, relacionada ao cromossomo X herdado da mãe. Geralmente, ocorrendo em meninos, causando degeneração muscular progressiva. O médico também informou que Théo, naquele estágio, já apresentava sintomas importantes e que, embora a doença não tivesse cura até aquele momento, o tratamento era essencial para proporcionar uma melhor qualidade de vida ao garoto.

✳

A confirmação do diagnóstico

Thiago tirou o dia de folga para acompanhar a esposa e o filho em mais uma consulta na cidade de Campinas. Precisava ouvir diretamente dos médicos o que sua esposa lhe contara. Não podia acreditar em tudo o que ouvira. No carro, a caminho do hospital, sentado ao lado do motorista, por diversas vezes olhava para trás e, por alguns segundos, observava Luiza, que com o olhar perdido, acariciava os cachos de Théo, que estava adormecido.

Sob sua aparente calma, Thiago escondia um sentimento de revolta, que por vezes era substituído por esperança e também negação. Não era possível que tudo aquilo estivesse acontecendo. Talvez os exames estivessem errados e o diagnóstico seria somente um equívoco do médico.

Incrédulo, Thiago ouvia novamente, em palavras mais complexas, o que Luiza anteriormente lhe contara. Os exames demonstravam aumento de moléculas que confirmavam o diagnóstico de Síndrome de Duchenne. Naquele momento, ainda descrente, o pai aprendeu também um pouco mais sobre genética e os possíveis riscos de o casal ter outro filho.

Uma anomalia genética gravada no DNA das mulheres da família de Luiza, era a causa da doença que agora acometia o menino. Um defeito em um gene localizado no cromossomo X, herdado da mãe, impedia a produção da proteína distrofina, fundamental para o funcionamento e saúde dos músculos do corpo. A ausência desta importante proteína causa danos aos músculos quando eles se contraem e relaxam. As células musculares gradualmente vão morrendo, sendo substituídas por tecido adiposo (gordura) e fibrose, levando à perda da função dos músculos e dos movimentos, não apenas dos membros, mas também dos músculos respiratórios e cardíacos.

Naquele ponto, Théo já apresentava encurtamentos e pseudo-hipertrofia dos músculos da panturrilha. Andar nas pontas dos pés era uma consequência da doença, e não um capricho do menino, como muitas vezes Luiza ouvira algumas pessoas dizerem. O cansaço e a fraqueza nas pernas diante das brincadeiras também eram sintomas da doença.

Daquele momento em diante, a fisioterapia seria uma das especialidades que fariam parte da vida do garoto.

Para a próxima consulta, o médico sugeriu que seria importante também que Cristiana e Diego, tios do menino, os acompanhassem na sessão de aconselhamento genético.

✳

Descobertas e reflexões

No dia agendado, Thiago e Luiza dirigiam-se para a sessão de aconselhamento genético, acompanhados dos tios de Théo: Diego, então com 20 anos, e a caçula da família, Cristiana, que no auge dos seus 16 anos se tornara uma bela moça. Théo não foi à sessão por ficar em casa na companhia dos avós Chico e Maria. O objetivo da reunião era aprender mais sobre a doença e entender os impactos da anomalia genética em suas vidas.

Após uma longa conversa na pequena sala, Luiza e Thiago deixam o local sob os olhares preocupados de Diego e Cristiana, que aguardavam ser chamados, sentados do lado de fora. Os irmãos angustiados não puderam deixar de notar o semblante preocupado do casal. Thiago, que caminhava na frente da esposa, sentou-se primeiro ao lado de Diego e, cabisbaixo, com os cotovelos apoiados sobre os joelhos, cobriu os olhos com as mãos. Luiza sentou ao lado do marido e o envolveu num abraço silencioso.

Pouco tempo depois, uma médica, aparentando estar na casa dos 30 anos, surge pela porta entreaberta. Ela chama pelos nomes dos irmãos, que se levantam prontamente e dirigem-se até ela. Após se acomodarem diante da mesa, a especialista em genética que os recebeu se apresenta como doutora Fernanda. Seu olhar acolhedor transmite a sincera disposição em auxiliá-los a compreender melhor sua situação genética.

Cheios de curiosidade, esperança e preocupação, os irmãos ouviam atentamente o que a médica lhes falava de forma suave e pausada. Doutora Fernanda iniciou a conversa explicando detalhadamente a doença, dando ênfase à sua hereditariedade e aos possíveis impactos na vida dos portadores. Com cautela e empatia, explicou a Cristiana que, assim como as demais mulheres da sua família, ela era portadora do gene causador da síndrome. Essa nova informação foi avassaladora para a jovem, que tentava assimilar a nova realidade e entender como isso afetaria seu futuro e suas perspectivas de vida.

Enquanto Cristiana absorvia tudo o que ouvira, Diego recebia uma notícia diferente. Apesar de a doença afetar especificamente indivíduos do sexo masculino, o jovem não fora afetado pela anomalia genética. Diego estava incluído no percentual que não herdava o gene doente da mãe. Sentiu-se abençoado, e um misto de alívio e compaixão encheu o seu coração, pois acompanhava a luta diária de Luiza e Théo.

Diego abraçou Cristiana, que chorava copiosamente ao seu lado, oferecendo-lhe conforto e apoio incondicional. Nesse momento, a médica se levantou da cadeira e em frente à garota segurou-lhe as mãos, dizendo-lhe palavras de conforto.

Apesar de Cristiana ser portadora do gene causador da doença, isso não significava que ela desenvolveria os sintomas que ocorriam especificamente em meninos. A doutora explicava que Cristiana teria 50% de chance de transmitir a síndrome para um filho, caso um dia decidisse engravidar.

As palavras da médica ecoavam na mente da jovem, que, ao mesmo tempo, passavam imagens de Théo e da luta diária de mãe e filho. A ideia de um dia trazer um filho ao mundo, sabendo que ele poderia enfrentar uma batalha semelhante à do sobrinho, era assustadora. Cristiana sentiu-se mal e culpada por ter esses pensamentos, pois, enquanto ouvia a médica, pensava no quanto Luiza era forte e no amor incondicional que ela dedicava ao filho. Mesmo enfrentando todos os desafios e dificuldades que surgiam, Luiza sempre dizia que Théo era o seu melhor presente. Cristiana, que a partir daquele momento passou a admirar ainda mais a força de sua irmã mais velha, se perguntava, se algum dia poderia ser tão corajosa e resiliente quanto ela.

Avanços na fisioterapia

As sessões de fisioterapia tiveram início em uma conceituada clínica, estrategicamente localizada em uma das vias movimentadas do centro de Jundiaí. Duas vezes por semana, exatamente às terças e quintas-feiras, durante as manhãs, Luiza acompanhava Théo para mais uma sessão de alongamentos, exercícios e orientações. Encarregado desses encontros estava o Dr. Felipe, um fisioterapeuta jovem de sorriso amável, que sempre contagiava a pequena sala com sua energia.

Os cinquenta minutos que duravam cada atendimento passavam voando. Sentada em um canto da sala, Luiza observava atentamente o profissional cuidando de seu menino. Théo deitava de costas em um tablado, executando algumas manobras. Entre um movimento e outro, a mãe se levantava e se aproximava, para aprender alguns exercícios que faria em casa com o filho, nos demais dias da semana.

Após um mês de tratamento, Luiza estava bastante satisfeita. Os exercícios realmente surtiam efeito. Théo já não andava tanto nas pontas dos pés. Seu modo de caminhar melhorava a cada dia, e as quedas, antes frequentes, haviam diminuído consideravelmente.

No silêncio das noites

Thiago enfrentava uma mistura complexa de sentimentos diante da nova realidade que se instalara em suas vidas. O diagnóstico da Síndrome de Duchenne em seu filho, havia trazido um turbilhão de mudanças e desafios para toda a família. Sua esposa havia deixado o emprego na padaria onde trabalhara por nove anos, sendo assim, a responsabilidade financeira recaía principalmente sobre ele.

Thiago se esforçava ao máximo para dar conta de todas as demandas. Fazia horas extras, trabalhava duro, mas havia uma sombra de tristeza que pairava sobre ele. Sentia-se impotente ao ver a esposa se afastando gradualmente. Luiza andava sempre calada, imersa nos afazeres domésticos e nos cuidados com Théo.

As noites se tornaram particularmente difíceis para o pai do menino. Com frequência, Thiago acordava com os soluços e suspiros profundos da esposa, que desconsolada chorava durante a madrugada. Por um tempo, tentou perguntar os motivos, mas logo percebeu que as respostas estavam implícitas no silêncio que se instalava entre eles. Luiza se encolhia no canto da cama, sem emitir nenhuma palavra.

Muitas vezes, Thiago, movido por uma inquietude persistente, levantava-se e caminhava em direção ao quarto do filho. Ali, passava um longo tempo sentado ao lado de Théo, observando-o dormir como um anjo, aparentemente alheio a todos os desafios que a doença lhe impunha. À meia luz do abajur, o olhar de Thiago percorria as paredes e os objetos do quarto, como se buscasse algo que nunca conseguia encontrar. Em silêncio, refletia sobre os obstáculos que a vida havia lançado em seus caminhos. Perguntava-se, se era suficiente, se estava fazendo o bastante para apoiar Luiza e Théo. A preocupação com o futuro e a tristeza diante das dificuldades tornavam cada passo mais pesado.

Após dar um beijo suave em Théo, Thiago voltava para o quarto e deitava-se cuidadosamente ao lado da esposa. O silêncio entre o casal se prolongava, enquanto ambos lutavam contra seus próprios demônios. ✳

O primeiro dia de aula

Théo, caminhando ao lado da mãe, estava muito animado para o seu primeiro dia de aula. Na mochila do Homem-Aranha, que ganhara do pai, havia alguns cadernos, lápis de colorir, duas borrachas de super-heróis (Hulk e Homem-Aranha) e um conjunto de canetinhas coloridas que ele tanto gostava. Luiza acompanhou o filho até a porta da sala e, soltando sua mão, o menino mais que depressa adentrou o espaço, acomodando-se na primeira mesa da fileira do meio, em frente à lousa.

Atento a tudo e a todos, Théo viu quando sua mãe fez sinal à professora, que caminhou até ela e ali do lado de fora, conversaram por alguns minutos.

Após conferir que todos os alunos já se encontravam acomodados, a professora se despediu dos pais que se amontoavam na entrada da sala. Luiza permaneceu ali até que a professora, com um sorriso sem graça, caminhou em sua direção e lentamente fechou a porta.

A mãe coruja permaneceu ali observando o filho por mais um tempo, através do pequeno vidro que ficava à altura dos olhos.

Luiza não perdia o filho de vista que, sociável como sempre, com seus materiais sobre a mesa, já conversava e ria com os novos amigos enquanto a professora escrevia algo na lousa.

Satisfeita, resolveu voltar para casa, mas no caminho já ansiava e ensaiava todas as perguntas que faria ao menino, assim que voltasse ao final do dia para buscá-lo.

Luiza chegou ao portão da escola quinze minutos antes do horário da saída. Assim como os demais pais ali presentes, aguardava ansiosamente a abertura do portão, que seria certamente feita pela funcionária da escola, que com uma expressão séria segurava um molho de chaves.

No horário determinado, o portão se abriu e Luiza rapidamente subiu os cinco degraus da escada que levavam à secretaria da escola. Nem reparou que esbarrou em alguns pais, que responderam com um certo olhar de reprovação. Em seguida, ela seguiu por um longo corredor à direita, que levava até a classe do seu filho, a sala sete, à esquerda.

O sucesso de Théo na escola

A professora estava à porta, aguardando a chegada dos pais. Assim que avistou Luiza, chamou Théo que estava debruçado sobre a mesa. Ele prontamente se levantou e foi ao encontro da mãe, que o beijou e o colocou no colo. A ansiedade em ouvir o menino era tanta que Luiza nem deu muita atenção à professora. Somente respondeu à saudação recebida e foi embora. No entanto, ao chegarem em casa e estar ciente de todas as atividades do filho, Luiza percebeu que não havia conversado com a professora e mal havia respondido ao "boa tarde" sorridente que a jovem lhe deu. Sentiu-se um pouco envergonhada e prometeu a si mesma que no dia seguinte se desculparia com a moça.

No dia seguinte, tratou de mudar a má impressão que acreditava ter deixado com a professora. Esta, por sua vez, confidenciou a Luiza que estava tudo bem e que, na agitação do primeiro dia de aula, nem percebeu o que a mãe relatou. A conversa rendeu, e Luiza ouvia orgulhosa a professora Vera falar do seu menino, de como era inteligente, prestativo e amigável.

Ao longo do ano letivo, o que Luiza ouviu da professora nas reuniões bimestrais e até mesmo nas conversas diárias à porta da sala, eram sempre as mesmas palavras, acrescidas de novos adjetivos que destacavam as qualidades do menino. Inteligente e curioso, Théo mostrou ser um dos melhores alunos daquela classe.

✳

O ano da Copa e as expectativas

O ano era 2010, véspera das férias de julho. Théo cursava o segundo ano e participava da maioria das atividades realizadas na escola. Naquele ano, o clima pré-férias estava especialmente animado, pois a escola estava sendo decorada com o tema do esporte que o menino mais gostava: futebol.

Apesar de não praticar como os demais amigos, Théo amava o esporte e aguardava ansioso pelo momento em que participava das brincadeiras de cobrança de pênaltis, que ocorriam sempre nos minutos finais das aulas do professor Alex. Sob o olhar atento do educador, Théo corria para o gol e, assim como seu ídolo alviverde "São Marcos", raramente deixava as bolas lançadas balançarem a rede.

Alex era o querido professor de Educação Física daquela escola. Era um sujeito alto, carismático e corintiano roxo apaixonado por futebol. Sem muito esforço, transmitia essa paixão pelo esporte aos seus alunos, especialmente naquele ano em que acontecia a 19ª Copa do Mundo, no continente africano, mais precisamente na África do Sul.

A escola estava completamente decorada com o tema da Copa. Havia bandeiras dos países participantes desde as portas dos banheiros até a janela da recepção da secretaria escolar. Os meninos e algumas poucas meninas estavam em êxtase, pois as salas se enfrentariam em um torneio de futsal interclasses, onde cada sala representaria um país. Théo, por não poder participar ativamente dos jogos como gostaria, se encarregou de trabalhar com a professora de Artes na confecção das bandeirinhas, bandeirolas e outros itens que davam cor à escola.

Todos estavam muito animados. Os times suavam a camisa na quadra, enquanto algumas meninas, do lado de fora, esbanjavam charme dançando ao som da música tema daquele evento, a contagiante *"Waka Waka (This Time for Africa)"* da estrela colombiana Shakira. Théo alternava o olhar, atento ao que acontecia na quadra e aos movimentos um tanto quanto bonitos e engraçados que as meninas realizavam na arquibancada.

Diferente da alegria proporcionada pelo evento de interclasses, o desempenho da seleção brasileira, que no início da Copa era tida como favorita, não saiu como o esperado. A seleção canarinho foi eliminada ainda nas quartas de final pela seleção da Holanda. O jogo transmitido por um telão, colocado no pátio da escola, mostrava um Brasil com grandes possibilidades após Robinho fazer um lindo gol logo no início do primeiro período. Porém, para a tristeza de todos, a seleção holandesa reagiu e virou o jogo no segundo tempo. O Brasil perdeu por dois a um e viu pela segunda vez a oportunidade de ser hexacampeão mundial se esvair.

Antes mesmo do final do jogo, todos, inclusive Théo, estavam indignados. Criticavam especificamente o técnico Dunga, especialmente na opinião da maioria, por parecer tão teimoso e pela aparente maior preocupação com o estilo de roupa que usaria à beira do gramado, do que com o que aconteceria dentro dele. Também era consenso que não ter convocado Ronaldo Fenômeno, Ronaldinho Gaúcho e Adriano foi um grande erro. A presença do jogador Kaká e do jovem Robinho não era suficiente.

A turma estava especialmente frustrada, pois esperavam assistir a todos os jogos do Brasil no pátio, o qual a diretora havia previamente agendado caso a seleção chegasse à final.

Apesar da proximidade das tão aguardadas férias, os ânimos não estavam como o esperado, exceto para a turma do quinto ano "B", que teve o consolo de vencer o torneio interclasses, ainda mais pelo fato de estarem representando a seleção brasileira. Théo bem que achou suspeito eles terem sido sorteados para representar o Brasil, já que toda a escola sabia que eles eram maiores, melhores e favoritos.

Mágoas e suspeitas à parte, o menino preferiu pensar que aquilo fosse somente uma coincidência. As férias iniciaram-se e, na volta às aulas, tudo voltou à normalidade. Os dias que se seguiram até o final do ano letivo decorreram da melhor forma possível.

A conexão silenciosa entre mãe e filho

Em 2011, Théo completou nove anos e, de maneira diferente dos anos anteriores, Luiza preparou um bolo e alguns doces para levar para a escola no primeiro dia de aula. Lá, o menino celebrou mais um aniversário cercado por seus professores e amigos, que o acompanhavam desde a primeira série. Luiza optou por isso, pois a escola era o ambiente onde ele mais gostava de estar. Essa era uma tentativa de elevar o ânimo do filho, que, a partir da segunda quinzena de janeiro, havia mudado drasticamente o seu comportamento.

Théo, antes agitado, curioso e comunicativo, naqueles dias andava apático. Demonstrava pouco interesse pelas coisas e inventava desculpas para evitar as sessões de fisioterapia. Em casa, quando Luiza entrava em seu quarto para realizar os exercícios diários recomendados pelo fisioterapeuta, o menino reclamava por qualquer mínimo movimento, o que, por vezes, a deixava irritada. Diante das queixas do filho, ela desistia e saía angustiada em direção à cozinha para cumprir suas tarefas. Minutos depois, retornava ao quarto em silêncio para consolar o garoto, que, deitado na cama e voltado para a parede, tentava esconder as lágrimas silenciosas que escorriam por suas bochechas até o travesseiro.

Luiza sentava-se ao lado do menino, beijava-o e acariciava sua cabeça. Assim, sutilmente, ela começava a realizar os alongamentos tão necessários, que aos poucos Théo ia aceitando e ajudando. Era um momento de olhares silenciosos entre mãe e filho, e costumava durar cerca de uma hora.

Descobertas noturnas

Luiza não compreendia a súbita mudança de humor de seu filho. À noite, à beira da pia, pai e mãe discutiam e, em vão, tentavam encontrar razões para o comportamento do garoto. Era fato que o menino, a partir de meados de setembro do ano anterior, começara a se queixar com mais frequência de fadiga e dificuldades para andar, o que acabava por limitar seus movimentos durante as aulas, ou deixá-lo parado em algum canto durante o recreio. Talvez fosse porque ele não queria usar a "goteira" recomendada pelo fisioterapeuta. Apesar de ser decorada com figuras infantis, o menino parecia não gostar dela e também reclamava de dores. O profissional, em algumas ocasiões, ressaltou que aquele dispositivo era importante e que ajudaria a evitar a deformidade em "pé equino", auxiliando no alongamento dos músculos da panturrilha e, consequentemente, melhorando sua forma de andar. Apesar da insistência da mãe, Théo recusava-se a usar aquele objeto — que envolvia parte de seus pés e subia até o meio da parte posterior da canela — para ir à escola e só o utilizava por algumas horas dentro de casa.

Em uma noite chuvosa de abril, depois de mais uma conversa com o marido, Luiza dirigiu-se ao quarto de Théo, que naquele momento, há mais de onze horas, já estava dormindo. Ela fazia isso todas as noites antes de se deitar, para checar e dar um beijo de boa noite no filho, e na maioria das vezes também para desligar o computador, que frequentemente o menino esquecia ligado.

Diferentemente de outras noites, Luiza sentou-se na cadeira giratória em frente à mesa e, como toda mãe preocupada, quis saber o que o filho tanto fazia em frente àquela tela. Ela teve o impulso de abrir o histórico do navegador de internet e, para sua surpresa, encontrou o link de várias páginas que haviam sido acessadas, algumas delas relacionadas à Síndrome de Duchenne.

Luiza deixou o quarto do filho sentindo um aperto no peito, chorando como se um nó estivesse apertando sua garganta. Acordou Thiago, que havia adormecido há pouco, e lhe contou sobre o que havia descoberto.

Naquela noite, o casal não conseguiu dormir. Até então, nunca haviam falado abertamente sobre o diagnóstico com o filho, que havia descoberto na internet tudo o que pôde sobre sua doença. Pai e mãe passaram a noite ali, sobre a cama, em silêncio. Thiago, recostado na cabeceira, acariciava a cabeça de Luiza em seu colo. A mãe, angustiada, chorava e se sentia culpada e impotente por permitir que seu menino descobrisse tudo aquilo sobre sua condição, por conta própria, sozinho, vulnerável e desamparado em seu próprio quarto.

A verdade na tela

À noite, deitado em sua cama, Théo analisava o aparelho que sua mãe havia acabado de colocar em seus pés após mais uma sessão de alongamentos, ou 'tortura', como ele sempre dizia. Por mais que o objeto fosse revestido internamente por um material macio, aquela goteira o incomodava demais. Suas batatas das pernas doíam um pouco e visualmente também não eram nada agradáveis, já que achava as figuras coloridas que a decoravam, excessivamente infantis. O menino jamais pensaria em usar aquilo na escola. Não era por causa de seus amigos de sala, que o conheciam desde a primeira série e estavam sempre com ele, mas sim devido aos demais alunos de outras turmas. Théo percebia claramente os olhares curiosos e, muitas vezes, os cochichos maliciosos (que não faziam questão de esconder) quando passava por eles, ou quando, ao contrário dos amigos, ficava a maior parte do tempo sentado durante o recreio.

Os olhares curiosos frequentemente o seguiam. A situação ficaria ainda pior, pensava ele, se aparecesse na escola com aqueles dispositivos nos pés. Sua mãe até havia comprado um par de tênis alguns números maiores para que ele vestisse por cima do aparelho, mas o menino, inflexível, decidiu que não iria com aquilo para a escola.

De repente, Théo percebeu que, quando seus amigos lhe perguntavam sobre sua condição, ele não tinha muito a dizer. O garoto apenas repetia o que ouvira nas conversas entre sua mãe e os profissionais de saúde que o acompanhavam. Ele sabia que sua doença afetava seus músculos e tinha um nome diferente: Síndrome de Duchenne.

Da cama, o garoto desviou o olhar para a tela do computador, que acabara de entrar em modo de descanso e exibia figuras coloridas que se moviam aleatoriamente. Levantou-se da cama, sentou-se na cadeira em frente ao aparelho e começou a girar como sempre fazia. Após algumas voltas e superando a leve tontura que sentia, de repente, tocou no teclado interrompendo a dança de cores. Um pensamento lhe ocorreu. Certamente, ali na internet, ele encontraria mais informações sobre sua doença. Abriu o navegador e digitou a palavra 'Duchenne' e, ao pressionar a tecla enter, uma variedade de resultados apareceu diante de seus olhos. A partir desse momento, Théo encontrou algo que mudaria sua vida para sempre.

Realidade angustiante

Com os olhos fixos na tela, Théo clica no artigo que aparece no topo da lista. O menino lê cada palavra ansiosamente. A cada linha, sua respiração se torna mais intensa e seus batimentos cardíacos aceleram. Ele não consegue acreditar no que seus olhos estão vendo. O texto à sua frente descreve exatamente os sintomas que ele está experimentando. Uma sensação estranha percorre todo o seu corpo, fazendo suas pernas e mãos tremerem. O ponteiro do mouse se move rapidamente sobre o texto. Ele está chocado e muito confuso.

Levanta-se chorando, considera ir até a cozinha onde sua mãe está, mas desiste e volta, sentando-se à beira de sua cama. Pensamentos perturbadores fervilham em sua mente. Um misto de sensações o envolve. Ele se sente triste e com muito medo. Em sua mente infantil, uma nova e cruel realidade se apresenta. Sentindo-se completamente desamparado, ele se pergunta por que tudo aquilo está lhe acontecendo.

Com os olhos cheios de lágrimas, o garoto percorre o olhar pelas paredes de seu quarto, onde o símbolo do Palmeiras e os pôsteres de seus heróis alviverdes decoram as paredes pintadas de azul. Ele percebe que o sonho tão comum à maioria dos meninos, de se tornar um astro do futebol, não será para ele. Sente raiva de tudo e de todos. Frustrado, pensa estar aprisionado em um corpo que não lhe permitirá concretizar seus sonhos.

Théo deita-se na cama novamente e, chorando, reflete sobre os sonhos que sente que lhe foram arrancados. Após um tempo, acaba adormecendo.

Théo guarda para si o que viu e sentiu naquele momento. Luiza e Thiago só descobrirão o que aconteceu alguns dias depois.

De corações abertos

No dia seguinte, após seu esposo sair para o trabalho, Luiza ponderava sobre mil formas de iniciar a tão necessária conversa com seu filho. Em seu interior, sentia medo da reação do menino quando abordasse o assunto. Embora tentasse, em vão, convencer-se de que sua intenção sempre foi protegê-lo do peso da realidade, agora questionava se havia tomado a decisão mais acertada como mãe.

Várias vezes, a mãe aflita caminhava até o quarto do filho e lentamente abria a porta para verificar se o menino já havia acordado. Sabia bem que Théo, nos últimos três meses, passara a acordar mais tarde, quase perto da hora do almoço. No entanto, a poucos minutos do amanhecer, Luiza teimava em ir ao quarto do menino.

Enquanto preparava o almoço, Luiza ouviu um barulho vindo do quarto do garoto, indicando que ele acabara de acordar. Esse era o tão temido momento. Sentiu-se como se estivesse sem chão enquanto se dirigia ao quarto onde o menino já a aguardava. Sentindo-se culpada e desamparada, questionava a si mesma se estava sendo uma boa mãe. Um sentimento inevitável de falha a consumia. Ao estender o braço para girar a maçaneta da porta, ainda se sentia incapaz de enfrentar a difícil conversa que logo teria com seu filho.

Assim que viu a mãe abrindo lentamente a porta, Théo se acomodou na cama. Luiza sentou-se ao seu lado segurando suas pequenas mãos, e um sentimento de profunda tristeza tomou conta dela. O menino, olhando para baixo com um olhar vazio, não disse uma única palavra para a mãe, que também, em silêncio, buscava as palavras certas para demonstrar todo o seu amor e arrependimento. Então, com a voz embargada, as palavras vieram: "Théo, meu leãozinho, me perdoe por não dizer a verdade. Eu te amo e só queria protegê-lo, mas agora percebo que essa não foi a melhor forma. Mamãe não sabe o que fazer. Sinto muito. Perdoa-me, meu filho!"

Théo, com as mãos trêmulas, abalado e surpreso com o que ouviu, levantou a cabeça e olhou para sua mãe com um olhar triste, que, cheio de lágrimas, demonstrava carinho e compreensão. A raiva de tudo e de todos que brotara recentemente em seu coração, se desfez com as lágrimas que viu rolar pelo rosto de sua jovem mãe. Naquele momento, o garoto sentiu em seu coração a dor que sua mãe vinha experimentando desde o seu diagnóstico, e que até então, ingenuamente, ele imaginava ser somente dele.

Mãe e filho se abraçaram num lindo gesto de consolo e conexão. Luiza, com as mãos no rosto do filho, enxugava as lágrimas que rolavam daqueles olhos tão inocentes e prometia ao menino que estaria sempre ao seu lado e que, seria honesta e transparente na jornada que ambos ainda compartilhariam.

Naquele dia, atendendo ao pedido do menino, Luiza concordou que ele faltasse à aula. Após desfrutarem de um momento especial entre mãe e filho, Luiza deixou Théo no quarto, onde ele se entreteve desenhando sobre a cama, e dirigiu-se ao quarto do casal. De uma gaveta do criado-mudo ao lado da cama, ela retirou uma guia de atendimento entregue pelo médico do filho meses atrás. Pegou o telefone e prontamente agendou um atendimento para o menino.

✳

Vínculos de amor e superando desafios

As sessões com os psicólogos trouxeram uma nova maneira de enxergar a realidade, não apenas para Théo, mas também para Luiza que aprendia a cada dia a lidar com os desafios que se apresentavam à sua frente. Através desses encontros, mãe e filho aprendiam a compartilhar suas angústias, medos e esperanças, contando com o apoio de profissionais especializados e grupos formados por pais e filhos que enfrentavam desafios semelhantes.

A cada dia, ambos percebiam que ao encarar a verdade e buscar o suporte adequado, poderiam viver uma vida plena, apesar das adversidades que insistiam em surgir em seus caminhos.

Em uma manhã de maio de 2014, Luiza levantou-se primeiro, como sempre fazia, para preparar o café para o marido que em breve sairia para o trabalho. Sentaram-se à mesa, trocaram algumas palavras e Thiago se despediu da esposa de maneira diferente dos dias anteriores, com um longo abraço e um beijo na testa.

Aquela manhã seguiu normalmente, com Luiza preparando Théo e levando-o para a escola. Após deixá-lo no portão, onde foi recebido por uma amiga, ela observou o menino seguir lentamente para o interior do local.

Apesar das dificuldades, Théo estava feliz, pois havia aprendido a tocar violão, um presente que ganhou do pai em seu

11º aniversário. Muitas vezes, levava o instrumento para a escola onde tocava suas músicas favoritas, cercado por seus amigos. Um dos principais motivos de suas apresentações no pátio da escola tinha nome, belos olhos castanhos e longos cabelos encaracolados. A menina atendia pelo nome de Melissa e era ela quem o esperava todos os dias no portão, pegava o violão das mãos de sua mãe e o conduzia cuidadosamente até a sala de aula. Os olhos do menino brilhavam enquanto cantava, e seu olhar frequentemente se fixava naquela garota que se tornara sua fiel amiga e companheira. Com sua presença amorosa e apoio incondicional, Melissa trazia ajuda e conforto ao garoto durante os desafios que ele enfrentava. O vínculo entre os dois logo se tornou forte e especial, repleto de confiança e cumplicidade.

Luiza sentia uma alegria especial ao saber que seu filho tinha alguém tão dedicado quanto ela na escola, e a menina foi rapidamente acolhida pela família, tornando-se uma figura cada vez mais presente em sua casa.

O vazio da partida inesperada

Luiza estranhou que seu marido não tivesse chegado em casa no horário habitual. Já passava das onze horas da noite e Thiago, que normalmente chegava antes das nove horas, ainda não havia dado sinal de vida.

Preocupada com a ausência do esposo, Luiza ajeitou Théo na cama e decidiu ligar para a sogra. No entanto, mesmo após várias tentativas, a mulher não atendia às chamadas. A angústia de Luiza aumentava a cada minuto e quando estava prestes a ligar para a polícia, seu telefone tocou.

Do outro lado da linha, Dona Neuza retornava a última ligação que não havia conseguido atender. Luiza, aflita, relatava o ocorrido para a sogra, que não entendia nada do que a nora falava. Segundo a sogra, Thiago havia passado pela casa dela de manhã e informado que havia saído do emprego e que estava partindo para outro estado, em busca de uma nova oportunidade de trabalho.

Luiza ouvia atônita as palavras de Dona Neuza, que do outro lado da linha demonstrava indignação e estranheza pela atitude repentina do filho, em partir sozinho e não ter comunicado a família. Ao desligar o telefone, Luiza sentiu mais uma vez o chão abrir sob seus pés. Aparentemente, Thiago os havia abandonado de maneira covarde, sem dizer uma só palavra, apenas com um abraço e um beijo na testa.

A casa da família parecia mais silenciosa do que nunca com a partida inesperada de Thiago. Sua ausência deixou um vazio doloroso nos corações, especialmente porque ocorreu em um momento em que Théo precisava mais do que nunca do apoio e amor do pai.

Luiza sentia-se desolada, perdida em um mar de emoções conflitantes. Por um lado, estava magoada e com raiva por Thiago deixar a família em um momento de necessidade. Por outro, havia tristeza e decepção, pois esperava que o marido estivesse ao lado deles para enfrentarem juntos os desafios crescentes impostos pela doença de Théo.

Força além das adversidades

Théo, aos 12 anos, entrava em uma nova fase de sua doença que progredia e manifestava sintomas mais graves. A fraqueza muscular aumentava, afetando sua capacidade de caminhar sem auxílio e realizar atividades antes tão simples. As curvaturas em sua coluna também apresentavam desvios que o incomodavam. A ideia de depender cada vez mais dos outros o enchia de incertezas e medo. Após mais uma sessão de fisioterapia, Théo saía do ambulatório usando um andador dobrável que a partir daquele dia faria parte de sua vida, proporcionando-lhe mais segurança, independência e mobilidade.

A notícia da partida do pai apenas agravou a angústia do menino. Ele se perguntava por que seu pai o havia deixado quando mais precisava dele. Sentia-se abandonado e rejeitado, como se sua condição fosse demais para Thiago suportar. A dor da perda do pai, que nem mesmo se despediu, se misturava à dor física e emocional que ele já enfrentava.

Luiza, apesar de carregar seu próprio fardo de tristeza e confusão, decidiu ser forte por seu filho, contando com a importante ajuda de seus pais e irmãos. Juntos, estavam determinados a preencher o vazio deixado pela partida de Thiago. O apoio da família, amigos e até mesmo de pessoas que conheceram por meio de comunidades online — de pacientes com a mesma doença de Théo — mostrou para a mãe e filho que eles não estavam sozinhos em sua jornada e que, mesmo diante das adversidades, havia espaço para alegria, esperança e amor.

Luiza estava determinada a ser a principal fonte de apoio para o filho e ficou feliz em saber que também podia contar com a importante companhia de Melissa nessa função.

Laços que se fortalecem

Desde que Melissa se aproximou mais de Théo, o menino se tornou visivelmente mais alegre e vaidoso. Fazia questão de se vestir bem, alinhando perfeitamente seus teimosos cachos e se perfumava tanto que Luiza brincava dizendo que não conseguiria comprar colônias suficientes para o filho.

A amizade entre os amigos crescia a cada dia, e não demorou muito para a menina começar a frequentar diariamente a casa de Théo para ajudá-lo com as tarefas escolares. Encontravam-se principalmente no quarto do menino, onde após terminarem os estudos faziam duetos e, entre cantorias e risadas, trocavam olhares ternos e envergonhados.

Luiza, por vezes os espiava através da porta entreaberta e admirava a amizade entre eles que, a cada dia, se mostrava mais especial, com trocas e reciprocidade.

Numa tarde ensolarada em que estavam sozinhos no quarto, o clima entre eles se tornou diferente. Théo estava sobre a cama tocando seu violão e Melissa se aproximou timidamente, seus olhos brilhando e o corpo tremendo de nervosismo. Em um gesto inesperado, a garota deu-lhe um breve beijo nos lábios.

Théo ficou surpreso e encabulado com a situação, suas bochechas coraram intensamente. Por um momento, sentiu-se completamente tomado pela emoção e pela doçura do gesto da amiga. Enquanto Melissa se afastava, Théo, com as mãos trêmulas, voltou a dedilhar o violão como se nada tivesse acontecido, enquanto a menina ainda envergonhada o observava.

Embora estivesse apaixonado pela amiga há bastante tempo, o garoto fingiu que nada havia acontecido entre os dois. De alguma forma, ele temia se entregar aos seus sentimentos; no entanto, no fundo do seu coração, o amor que sentia por Melissa florescia em segredo, alimentando seus pensamentos e emoções.

Os dias se transformaram em semanas, e as semanas em meses, e a amizade entre os dois permaneceu forte, como um porto seguro para ambos. ✳

Superando limites

Aos 15 anos, Théo enfrentava mais um desafio significativo em sua vida. A progressão da doença havia agravado seu estado de saúde, tornando-o mais debilitado e dependente do auxílio de sua família e amigos. O jovem estava batalhando para lidar com as limitações físicas cada vez mais severas impostas pela síndrome.

Théo, que perdera a pouca força que lhe restava nas pernas, viu-se compelido a utilizar uma cadeira de rodas. A fragilidade do rapaz era evidente. Além de ter perdido considerável peso, sua musculatura estava enfraquecida, afetando significativamente também seus braços e mãos. A cadeira de rodas, que havia sido destinada a ser um instrumento de independência e mobilidade, ocasionalmente necessitava ser empurrada por outras pessoas, já que ele enfrentava dificuldades para manejá-la sozinho.

Essa nova realidade não apenas alterou a rotina do jovem, mas também afetou sua frequência escolar. Théo sentia-se desanimado e frustrado com a ideia de depender tanto dos outros, para realizar tarefas que anteriormente eram tão simples. Esses sentimentos tornaram-se ainda mais intensos após a mudança para a nova escola, onde iniciava seu primeiro ano no ensino médio. O afastamento da maioria dos amigos que o acompanhavam desde o começo de sua jornada educacional, era uma dor lancinante. Sentia saudade, principalmente, de sua fiel companheira Melissa, que havia optado por estudar em uma escola particular. Esses sentimentos o levaram a tomar uma difícil decisão: pedir à mãe para não mais frequentar a escola.

Quando Théo compartilhou sua decisão com Luiza, sua mãe ficou profundamente preocupada. Ela entendia a frustração e o desânimo do rapaz, mas também reconhecia a importância da educação e da interação social para sua vida. Sentando-se ao lado do filho, segurou suas mãos delicadas e olhou profundamente em seus olhos. Luiza explicou a Théo que abandonar a escola não seria a melhor alternativa para ele. Enfatizou a importância da educação em sua vida, não apenas para o seu desenvolvimento intelectual.

Com paciência, carinho e dedicação, Luiza incentivou seu filho a reavaliar sua decisão e, com o apoio de Melissa, que se comprometeu a visitá-lo sempre que possível, renovaram as energias do rapaz e forneceram a ele um estímulo crucial para seguir adiante.

Apesar das dificuldades e do cansaço que sentia, Théo decidiu que continuaria a frequentar as aulas, mesmo que em um ritmo diferente. Juntamente com a escola, ele encontrava maneiras criativas de participar das atividades, adaptando-as às suas limitações físicas.

A força do amor

Chegado o 17º aniversário, a Síndrome de Duchenne havia atingido seu estágio mais avançado para Théo. Seu corpo estava cada vez mais debilitado e ele enfrentava uma série de sintomas cada vez mais intensos. Manter-se sentado sozinho era uma tarefa desafiadora. Sua postura estava ainda mais comprometida devido à escoliose aumentada e as dores e dificuldades respiratórias eram constantes. Além disso, o rapaz apresentava uma apatia que preocupava todos ao seu redor.

Luiza, a mãe amorosa, vivenciava um misto de tristeza, angústia e esgotamento. Ver o filho em meio a tanto sofrimento era doloroso demais para ela e seu coração se partia a cada novo obstáculo que surgia em seus caminhos.

A fisioterapia motora, que sempre fora uma parte essencial do tratamento de Théo, tornou-se cada vez mais difícil de ser realizada. Ir aos atendimentos demandava um esforço físico extenuante para ambos. A mãe já não via mais sentido em colocar o filho tão frágil na cadeira de rodas e então passara a carregá-lo somente no colo.

Diante desse cenário, Luiza tomou uma difícil decisão: pediu o desligamento da fisioterapia e optou por realizar os cuidados indicados em casa. Essa decisão não foi fácil para ela, pois sempre acreditou na importância do tratamento fisioterapêutico para o bem-estar do filho. Priorizando o conforto e a qualidade de vida do rapaz, Luiza escolheu adaptar o cuidado à nova realidade. A mãe fazia tudo que estava ao seu alcance para proporcionar alívio e conforto para o filho, cuidando dele com todo amor e carinho que possuía.

Luiza enfrentava uma batalha interna entre o desejo de encontrar uma cura para a doença de Théo e a aceitação da dura realidade. Correndo contra o tempo, ela pesquisava incansavelmente novos tratamentos e avanços médicos, em busca de qualquer esperança que pudesse melhorar a condição de seu filho. Ao mesmo tempo, a mãe guerreira sabia que precisava equilibrar suas expectativas com a necessidade de aceitar as limitações impostas pela doença.

Embora as dificuldades fossem imensas, Luiza encontrava pequenas alegrias nos momentos preciosos que compartilhava com o filho. Ela passava a valorizar ainda mais cada sorriso, cada olhar que tinham juntos. Théo sentia-se amado e protegido, mesmo quando a doença lhe afetava de maneira implacável. A força do amor entre mãe e filho era o ponto de apoio que os mantinha unidos e enfrentando juntos os desafios que a vida lhes impunha.

O reencontro inesperado

Luiza caminhava até a recepção do hospital onde havia chegado algumas horas antes com o filho, internado para tratar de uma pneumonia. No horário do almoço, ela deixou o menino no quarto e dirigiu-se à saída, pretendendo atravessar a rua para comer um lanche na padaria próxima à esquina. Além da fome, o tumulto no hospital e a máscara que cobria o seu rosto a incomodavam.

Luiza ainda não tinha se acostumado com o novo acessório, imposto pelo surto de Covid-19, que logo se tornou uma pandemia no terceiro mês daquele ano. Os hospitais estavam sobrecarregados devido à doença causada pelo novo vírus. Até aquele momento, polêmicas, embates políticos e controvérsias sobre o manejo e tratamento da enfermidade deixavam a população apreensiva e desinformada, congestionando os serviços de saúde. No entanto, Luiza agradecia aos céus por conseguir uma vaga para seu filho ser atendido.

Absorta em seus pensamentos, antes de atravessar a porta de vidro, Luiza ouviu uma voz masculina chamando-a pelo nome. Surpresa e preocupada, virou-se para o homem que se aproximava, com um sorriso nos olhos. Luiza ficou confusa, pois esperava ver alguém de jaleco trazendo notícias sobre seu filho. Para sua surpresa, o homem que a chamou usava camiseta e calça jeans, e, tirando a máscara do rosto, revelou uma vasta barba muito bem cuidada e aparada.

Novamente, com um sorriso no rosto, o homem lhe perguntou: "Luiza? Você se lembra de mim?" Diante da negativa de Luiza, que sequer imaginava quem ele seria, o distinto homem de cabelos grisalhos, que aparentava ter bem menos idade do que os fios prateados denunciavam, apresentou-se como Vicente, seu amigo de infância e colega de escola quando ainda viviam na pequena cidade de Grota. Luiza não conseguiu disfarçar a surpresa e a felicidade ao rever o amigo, que nem de longe lembrava aquele menino gordinho, que tantas vezes aparecia de surpresa em sua casa para cortejá-la.

Apesar da alegria do reencontro, o motivo do amigo estar no hospital não era dos melhores. Vicente, que ainda morava em Grota, viajara às pressas para a cidade, pois Simone, sua irmã mais nova, há alguns anos casada e mãe de um menininho de cinco anos, estava internada há alguns dias, juntamente com o marido, no mesmo hospital. Ambos haviam sido acometidos pela Covid-19. Vicente, que assumira temporariamente os cuidados do sobrinho, deixou o pequeno Leonardo sob os cuidados de sua tia Terezinha e, foi até ali para buscar notícias sobre a saúde da sua irmã e do cunhado.

Durante uma longa conversa na lanchonete, Vicente e Luiza compartilharam histórias de suas vidas e trocaram contatos, comprometendo-se a se encontrar novamente em outro dia. Ao conhecer a luta e o estado de saúde do filho de Luiza, Vicente sentiu uma forte conexão com a família. Ao despedir-se, ofereceu seu apoio incondicional para a mãe e filho, sempre que fosse necessário. Luiza sentiu-se grata pela generosidade de seu amigo e, ao mesmo tempo, uma sensação de nostalgia a invadiu.

Conforme os dias passavam, Théo, que estava melhorando, recebeu alta hospitalar para continuar o tratamento em casa. Vicente e Luiza aproximaram-se mais e a presença reconfortante do amigo tornou-se uma constante na vida da mulher. Passados alguns dias, na companhia do pequeno Leonardo, Vicente passou a visitar Luiza diariamente, sempre pronto a ajudar com as tarefas, oferecendo um ombro amigo e compartilhando a carga emocional imposta pela doença. A presença de ambos, em especial de Leonardo, tornava o ambiente mais alegre, mesmo diante das circunstâncias.

Théo, mesmo em seu estado debilitado, sentia-se cativado pela gentileza e dedicação de Vicente. Eles passavam a compartilhar risadas, momentos de afeto e compreensão mútua, que iam além das palavras.

Luiza também se viu atraída pela presença de Vicente em sua vida. As lembranças da paixão que o amigo nutrira por ela na infância ressurgiam em algumas conversas. Apesar de brincarem e sorrirem com a situação, Vicente revivia aqueles sentimentos em silêncio. A chama reacendia, e o convívio entre eles fazia esse sentimento reflorescer, ainda que de forma subentendida.

Vicente tornou-se um apoio indispensável para Luiza e Théo. Sua energia positiva enchia a casa de alegria e ajudava a aliviar o peso emocional que mãe e filho carregavam. Com o passar dos dias, Luiza percebia que o carinho que sentia por Vicente era mais profundo. Um novo sentimento brotava em seu peito. Ela abriu-se para essa possibilidade e começou a nutrir sentimentos mais intensos por ele. Luiza e Vicente estavam conectados, apoiando-se mutuamente. Ela também se tornou o porto seguro do amigo, que, a cada dia, recebia notícias nada favoráveis sobre a saúde dos pais do pequeno Leonardo que, intubados, ainda lutavam contra a Covid-19.

A força nas memórias compartilhadas

O surto de Covid-19, que rapidamente se espalhou pelo mundo, causou isolamento social e dificuldades de acesso aos serviços médicos, afetando drasticamente a vida de muitas pessoas, incluindo Théo e sua família.

Um mês após sair do hospital, a pandemia avançava ceifando muitas vidas e a saúde do rapaz começou a se deteriorar ainda mais. Sua condição respiratória, já fragilizada devido à Síndrome de Duchenne, piorou significativamente. Infelizmente, Théo não conseguiu obter o cuidado médico adequado, devido às restrições e limitações impostas pela pandemia.

Luiza, no papel de mãe amorosa e dedicada, fez tudo o que estava ao seu alcance para cuidar do menino em casa. Ela procurou orientações médicas remotamente e seguiu todos os protocolos de segurança para proteger a saúde do filho. No entanto, a falta de acesso aos recursos médicos necessários tornou a situação ainda mais desafiadora.

Foi com grande pesar e tristeza que, em agosto daquele ano, Théo partiu. A Síndrome de Duchenne, com suas complicações respiratórias, venceu a batalha que o menino enfrentou tão bravamente. Luiza ficou arrasada à perda de seu amado filho, sua fonte de força e inspiração.

A morte de Théo foi um momento de profunda tristeza, não apenas para sua mãe, mas para toda a comunidade que o cercava. Ele havia tocado tantas vidas com sua força, coragem e amor, deixando um vazio, que era sentido por todos que tiveram o privilégio de conhecê-lo.

Em meio à dor da perda, Luiza encontrava consolo nas memórias preciosas que compartilhou com o filho. Ela recordava os momentos de alegria, os sorrisos radiantes e as vitórias conquistadas. Lembrava-se de como Théo enfrentava a vida com coragem e determinação, inspirando todos ao seu redor.

Amigos e familiares se reuniram virtualmente para honrar sua memória e compartilhar histórias que iluminavam seus corações. Eles se lembravam do brilho de Théo, de sua paixão pela música e de sua força interior inabalável.

Embora a situação de pandemia tenha dificultado as demonstrações tradicionais de luto e apoio, a comunidade se uniu em solidariedade à família do menino.

Enquanto o mundo enfrentava a pandemia, Luiza continuou sua jornada de luto, encontrando conforto ao lado de sua família e nas memórias compartilhadas com o filho.

Laços de amor e luto

Um mês se passou e Luiza enfrentava momentos difíceis enquanto tentava lidar com a perda de seu amado filho. Entretanto, encontrava momentos de felicidade ao lado do pequeno Leonardo e de Vicente, que assumira a guarda temporária do sobrinho.

Luiza e Vicente se uniram nos cuidados com o garoto. Juntos, eles compartilhavam as responsabilidades de alimentá-lo, dar banho e oferecer todo apoio emocional para aquela criança que tanto sofria pela ausência dos pais. A cada dia que se envolviam, Luiza e Vicente descobriam ter mais em comum do que imaginavam e suas experiências de vida se entrelaçavam de maneira inesperada. Passadas algumas semanas, Luiza percebeu que seus sentimentos se transformaram em algo mais profundo. A presença de Leonardo se tornava um elo que fortalecia ainda mais a conexão entre eles.

Quarenta dias após a partida de Théo, a dor do luto era novamente vivida por Luiza e Vicente, que encontravam conforto nos braços um do outro. Simone, irmã caçula de Vicente e mãe de Leonardo, havia perdido a batalha contra a

Covid-19. Poucos dias depois, seu marido também sucumbiria à doença, deixando Leonardo como mais um número nas estatísticas dos órfãos da Covid-19, como os jornais os chamavam.

As lembranças do coração

Em dezembro daquele mesmo ano, Luiza finalmente encontrava forças e coragem para mexer nas roupas do filho. O quarto, que um dia fora o refúgio de Théo, permanecera fechado desde a sua partida, sendo um lugar repleto de lembranças e saudades que Luiza evitara até aquele dia. Com lágrimas nos olhos, Luiza começou a retirar e separar as roupas, uma a uma, relembrando cada momento que compartilhou com o menino.

Envolvida nessa tarefa emocionalmente desafiadora, ela abriu uma das gavetas e encontrou, no fundo, uma velha camiseta que parecia guardar algo cuidadosamente. Ao desembrulhar aquela peça de roupa amarrada e enfeitada com um laço de fita, seus olhos se encheram de surpresa ao ver o que havia em seu interior: ali estava o leãozinho de pelúcia que ela deu ao filho quando ele ainda estava na maternidade e que há muito tempo não via e achava que havia se perdido.

Luiza segurou o brinquedo com carinho, sentindo a suavidade da pelúcia entre os dedos, e num delicado roçar em seu rosto, teve a impressão de sentir o cheiro do seu menino.

Naquele momento, uma enxurrada de memórias inundou seu coração. Ela se lembrava de Théo, quando seu pequeno corpo frágil lutava pela vida na incubadora, muitas vezes apenas na companhia daquele brinquedo.

Enquanto segurava o leãozinho, Luiza percebeu um rolinho de papel preso em suas costas. Curiosa, desenrolou-o e encontrou um lindo presente destinado a ela, com letras trêmulas escritas em uma folha de caderno.

A carta

Querida mãe,

Escrevo estas palavras com o coração cheio de amor e gratidão por você. Desde o momento em que cheguei a este mundo, senti seu amor envolvendo cada parte do meu ser. Você sempre esteve ao meu lado, cuidando de mim, me apoiando e me amando incondicionalmente. Quero que você saiba o quanto reconheço e valorizo tudo o que fez por mim, e realmente sei que fez tudo o que pôde.

Sei também que a vida não foi fácil para nós. Mesmo diante das adversidades, você sempre foi fonte de força e coragem, que me ajudava a enfrentar cada dia, mesmo quando o caminho parecia muito difícil. Agradeço mamãe, por nunca ter desistido de mim. Em vez disso, você me ensinou a abraçar a vida e a encontrar alegria em cada momento.

Mesmo quando estava em silêncio, eu sentia o seu amor em cada toque e em cada olhar cheio de ternura. Você sempre soube o que falar para me acalmar, para me fazer sentir amado e seguro. Suas canções de ninar, mesmo quando eu já não era tão pequenino, eram reconfortantes, especialmente aquela *"O Leãozinho"* do Caetano Veloso. Lembra?

"Gosto muito de te ver leãozinho,

Caminhando sob o sol,

Gosto muito de você leãozinho.

Para desentristecer leãozinho,

O meu coração tão-só,

Basta eu encontrar você no caminho..."

Essa música sempre me trouxe paz e serenidade, e quando eu não estiver mais ao seu lado, espero que ela continue a trazer conforto para o seu coração. Lembro-me das noites em que você cantava enquanto eu fechava os olhos e me entregava aos meus sonhos mais doces. Essas memórias estarão para sempre guardadas em meu coração.

Saiba que o amor que sinto por você é infinito. Sua presença foi um presente maravilhoso em minha vida, e sou grato por ter uma mãe tão incrível como você. Mãe, eu te amo mais do que palavras possam expressar. Você foi e sempre será minha maior fonte de inspiração, meu anjo protetor.

Siga em frente com coragem, sabendo que o meu amor sempre estará com você, guardando seus passos e iluminando o seu caminho.

Com todo o meu amor,

Théo (para sempre seu Leãozinho)...

Luiza, tomada de emoção, somente ao final da leitura percebeu que alguém insistentemente tocava a sua campainha.

O poder do amor e da superação

Luiza colocou o leãozinho gentilmente no centro da cama e, enxugando suas lágrimas, que desta vez estavam misturadas com gratidão e paz, foi ver quem a chamava à porta. Vicente a aguardava ansioso, segurando pela mão o pequeno Leonardo, que, assim que a porta foi aberta, entrou correndo para mais uma de suas brincadeiras exploratórias.

Enquanto isso, no sofá, Luiza e Vicente compartilhavam momentos de conversa e companheirismo. Os minutos passaram sem que notassem, até que Luiza percebeu o silêncio e a ausência de Leonardo. Preocupada, Luiza pediu licença a Vicente e saiu à procura do menino. Lembrou-se de que deixara aberta a porta do quarto de Théo e correu depressa para lá.

Ao chegar ao quarto, Luiza encontrou uma cena que novamente a fez encher os olhos de lágrimas. Leonardo estava deitado na cama do filho, adormecido e abraçado ao leãozinho de pelúcia. Era uma imagem de conforto e conexão, uma lembrança viva de Théo e todo o amor que ele representava. Sem conter a emoção, Luiza deitou-se ao lado do menino, acariciando seus cabelos e respirando o doce aroma de sua criança. Naquele momento, permitiu-se sentir a presença do filho e adormeceu, sentindo uma paz que há muito tempo não experimentava.

Vicente, após um tempo, saiu pelo corredor em busca dos dois. Caminhando silenciosamente, chegou à porta do quarto onde estavam e se deparou com aquela imagem que o tocou profundamente. Luiza e Léo deitados na cama, como mãe e filho, compartilhando um lindo momento de amor e união. Vicente encostou-se ao batente da porta, observando-os com ternura. Naquele momento, seu coração se encheu de um sentimento novo e profundo. Uma onda de gratidão e felicidade invadiu seu ser. Silenciosamente, o homem voltou para a sala, deixando que aquele momento entre eles se desenrolasse.

Enquanto Luiza e o pequeno estavam adormecidos, o leãozinho estava ali, junto deles, testemunhando o poder do amor e da superação. Era como se o próprio Théo estivesse presente, abençoando a nova história que estava se iniciando...

Tão valioso quanto o tempo é a intensidade dos momentos que compartilhamos com aqueles que amamos. Que nessa viagem chamada vida, independentemente da velocidade com que formos levados, encontremos conforto em saber que a parada final será de reencontros...

Este livro é uma obra de ficção. Os personagens, alguns acontecimentos e locais foram criados a partir da imaginação do autor. Qualquer semelhança com fatos ou pessoas, vivas ou mortas, é mera coincidência.

Uma nova história...

*